A MA MÈRE, A MON PÈRE

HOMMAGE DE PIÉTÉ FILIALE

AL. DESMOULINS

Alexandre DESMOULINS

CHIMÈRES

ET RÉALITÉS

POÉSIES

PARIS

LIBRAIRIE BRASSEUR AINÉ

112, RUE SAINT-LAZARE

Cour du chemin de fer

1875

CHIMÈRES & RÉALITÉS

COSNE. — IMPRIMERIE E. COLIGNON

Alexandre DESMOULINS

CHIMÈRES

ET RÉALITÉS

POÉSIES

PARIS
LIBRAIRIE BRASSEUR AINÉ
112, RUE SAINT-LAZARE
Cour du chemin de fer

1875

AU LECTEUR

Ce titre est suffisamment explicatif.

Tantôt l'imagination de l'auteur erre, vagabonde, à travers le chemin des illusions, butinant, comme l'abeille, sur des fleurs qui seront toujours fraîches et toujours jolies ; tantôt, se heurtant au réalisme des choses d'ici-bas, elle replie son aile pour observer et critiquer parfois les travers de notre pauvre espèce humaine.

Le sentiment religieux tient une grande place dans ce petit livre. En ces temps de matérialisme, peut-être, pauvre opuscule, sembleras-tu comme égaré ! N'importe, dusses-tu sombrer dans la traversée, porte quand même haut le pavillon de celui qui te lance.

J'ai pour habitude de ne fronder aucune opinion, mais aussi je sais peu sacrifier à mon siècle, surtout en matière de religion. La croyance en Dieu, l'espoir d'une vie meilleure, l'immortalité de l'âme, en un mot, sont choses trop belles et trop consolantes pour qu'un seul instant il germe dans une âme pieuse la pensée de les renier en faveur d'un succès, fût-il possible.

Assez d'autres ont donné ce mauvais exemple.

Un mot encore.

Ce titre n'est-il pas déjà la propriété de quelqu'un ?

Il paraît aujourd'hui tant et tant de livres qu'il est bien permis, surtout à moi qui vis assez retiré des choses de ce monde, d'ignorer si celui dont je me sers n'a pas patroné déjà un ouvrage quelconque.

Je m'empresserai de faire droit au *primo occupanti*, s'il existe et s'il réclame.

Et maintenant, petites feuilles, allez où vous porte le vent.

A. DESMOULINS.

Chatou, le 23 Mai 1875.

PRÉFACE

D'Horace imitateur, sans avoir son génie,
Sans prétendre à sa gloire, à son nom si fameux,
Sans être l'héritier de sa lyre bénie,
J'aligne quelques vers plus ou moins malheureux.

Jeune encore, je cherche à me tracer la route
Du temple de mémoire, à travers un sentier
Fatal à bien des gens. Arriverai-je ? On doute
Quand le talent est faible et l'essor trop altier.

Pardonne à ma folie, à ma trop grande audace.
Lecteur, sois indulgent et plaide mon procès.
Adire Corinthum non licet.... Le Parnasse
Est un mont escarpé, difficile d'accès.

I

LE PRINTEMPS

Nous étions un vingt mars, et c'était le matin.
J'avais rêvé, la nuit, de fleurs et de jardin.
De doux pensers d'amour, de gaîté, d'espérance ;
Les jours d'ennui, de deuil et de longue souffrance
Etaient relegués loin avec le sombre hiver.
Tout me semblait revivre et tout se raviver
Sous un charme nouveau. Franchissant de ma chambre
Le seuil, je respirai tout comme une odeur d'ambre.
Un enfant blond et rose, un charmant chérubin.
Fut par moi rencontré, parcourant le chemin :
Il avait le teint frais, la bouche souriante.
J'admirai tout chez lui : beauté luxuriante
De ses longs cheveux blonds qui retombaient flottants,
Ses deux grands yeux d'azur et ses traits éclatants
De joie et de bonté, de fraîcheur, de jeunesse :
Tout respirait en lui le bonheur, l'allégresse.
Que dire du costume ? Il était gracieux ;
Pour moi, ce devait être un des beaux anges bleus

Qui peuplent du Très-Haut la demeure céleste ,
Et sous de tels atours un maintien tout modeste.
« Enfant, lui dis-je, enfant, l'arrêtant de la voix,
« D'où nous viens-tu sitôt ? Ah ! dis, qui que tu sois.
« Pour un moment, un seul, suspends un peu ta course!»
Alors il s'arrêta près d'une claire source ;
Au murmure argentin de l'onde qui fuyait,
Au souffle du zéphir qui doucement bruyait.
Il me dit de sa voix et timide et sonore :
(Ah Dieu ! la douce voix, je m'en souviens encore !)
« L'as-tu pas soupçonné, je suis l'ange Printemps.
« Je chasse devant moi les froids et les autans.
« Tous les ans je reviens, après les temps moroses,
« Parsemer les sentiers de fleurs fraiches écloses ;
« La rose et le muguet fleurissent sous mes pas,
« J'attache à nos buissons les parfumés lilas.
« Je succède à l'hiver, l'ange de la tristesse ;
« Quand il remonte au ciel tout chargé de détresse,
« A l'aile blanche encor de neige et de glaçons,
« Moi je descends alors, j'apporte les gazons,
« Les fleurs et les ruisseaux, le tapis de verdure
« Qui donne un air de fête à toute la nature.
« A travers les taillis, les flexibles ormeaux,
« Entends le gai babil de nos heureux oiseaux ?
« Je les ai ramenés, eux et leur doux langage.
« Ils consolent des maux par leur charmant ramage ;

« Ils font aimer de Dieu la touchante bonté,
« Qui n'oublie jamais sa chère humanité.
« Pourquoi tant admirer le changement physique ?
« Mon effet dans les cœurs est encor plus magique :
« Sur les mortels glacés, je sème les ardeurs,
« Je réchauffe en amour les trop tièdes ferveurs.
« Vois ces boutons coquets, gage de l'espérance !
« L'amant, en les voyant, oublie sa souffrance ;
« Il espère et ressent grandir la passion.
« Avec l'ange Printemps renaît l'illusion.
« Grâce à moi, tout revit en ce trop triste monde :
« L'amour devient plus fort, la terre est plus féconde.
« Mais assez, me dit-il, je dois quitter ce lieu.
« Pour prix de mes bienfaits mortels, bénissez Dieu ! »
Il disparut alors, s'élevant de son aile
Vers la voûte azurée où, de l'âme éternelle,
Le séjour est marqué pour un autre avenir.
Ici-bas espérons, là-haut tout doit finir !

Chatou, le 23 Mars 1874.

II

BOUTADE.

Poëte, que chanter en les temps où nous sommes ?
Les talents, les vertus, les prouesses des hommes ?
Cet homme, où donc est-il ? Je le cherche partout.
Parcourant l'univers de l'un à l'autre bout,
Je ne trouve en tous lieux que la bête de somme.
Est-ce là, dites-moi, ce qu'on appelle l'homme ?
Dieu le forma, dit-on, d'un corps tout matériel.
Chargé de passions, de noirceur et de fiel.
Mais si nous devons croire à la Sainte-Ecriture,
Pour corriger la froide et stupide nature,
Le Créateur divin, dans sa grande bonté,
Pris de miséricorde envers l'humanité,
Pour ennoblir ce corps vite ajouta notre âme.
Qui devait l'éclairer de sa céleste flamme.
Ainsi l'homme devint un être tout nouveau :
Son corps le destinait à la mort, au tombeau,

Mais son âme, semblable au Créateur sublime,
Des cieux prédestinés lui faisait voir la cîme.
Il était le moyen entre le noir démon
Et l'ange non formé du terrestre limon.
De là, ce surprenant, cet éternel problême,
Sous peine d'un étrange et d'un affreux blasphème :
Travailler pour le corps, enveloppe et chiffon,
Sans professer pour l'âme un trop grand abandon.
Socrate avait rêvé, dans sa sagesse antique,
Cette belle union au corps tout prosaïque
D'un souffle tout divin qui commande à nos sens ;
Ont ainsi raisonné tous les esprits puissants.
Pourquoi donc de nos jours si grande indifférence
Paraît-elle pour l'âme, et tant de déférence
Voit-on surgir toujours, en ce siècle buté,
Pour la plus laide part de notre humanité ?
Oui, l'homme n'est pour nous qu'un affreux assemblage
Et de sang et de chair, ô monstrueux outrage !
Le corps étouffe l'âme, et tout notre souci
S'exerce à contenter la guenille à merci.
« Encor, encor, dit-elle, et toujours, sans relâche ! »
Et dussions-nous un jour succomber à la tâche,
Nous suons, nous peinons, nous donnons tous nos soins
Sans cesse à satisfaire aux temporels besoins !
De l'âme, pas un mot, pas de sollicitude,
Tant est des fiers mortels la noire ingratitude !

Et pourtant, ô mon Dieu, cet hommme intelligent
L'est-il pas par ce grand, cet immortel agent,
Qui s'appelle son âme ? Et s'il remonte aux causes
De ce qu'il voit sur terre et des célestes choses,
S'il pense et réfléchit, s'il a quelque talent,
Si son esprit ne reste à l'état trop latent,
S'il produit ici-bas, s'il acquiert quelque gloire,
A qui donc accorder la fréquente victoire,
Si ce n'est à son âme, à ce souffle divin ?
Plus je cherche, mortel, plus je te trouve vain,
Lâche, vil et méchant, altier, peu magnanime,
Pétri d'ingratitude et créature infime !
Toi, si rempli d'orgueil, si plein d'ambition,
Loin de te rehausser, tu sers ta passion ;
Quand tu pourrais atteindre à la hauteur céleste,
En prenant de ton âme un soin plus manifeste,
Tu préfères ramper. Rampe donc, manant,
Va servir de ton corps l'appétit permanent !

Chatou, le 25 Décembre 1873,

III

A LA FRANCE !

O mon pauvre pays, ô grande et noble France,
Dois-tu donc de ton cœur exiler l'espérance ?
En sera-t-il de toi comme des nations,
Qu'emporte un jour le flot des révolutions !
En sera-t-il de toi, comme de Rome et Sparte,
Dont les noms sont rayés aujourd'hui de la carte ?
Ne seras-tu bientôt, hélas ! qu'un souvenir ?
Hier si belle encor, dois-tu déjà finir ?
France, dois-tu rouler tout au fond de l'abîme,
Toi dont le front si fier presque atteignait la cîme ?
Ton drapeau tricolore, hier si glorieux,
Ne doit-il plus flotter superbe, audacieux ?
Lui, dont les vastes plis abritaient la victoire,
Lui, gonflé si souvent par le vent de la gloire,
Doit-il donc retomber en plis silencieux ?
Ainsi l'astre s'éteint, quand il descend des cieux.

Toi qui marchais l'arbitre et la reine du monde,
En actes généreux, toi toujours si féconde,
Qu'à raison l'on nommait la grande nation,
Qu'as-tu fait de ta gloire, ô nouvelle Sion ?
Un échec peut joûter, mais ne saurait abattre ;
Qui possède vertu jusqu'au bout doit combattre ;
Les membres sont épars, mais le cœur est altier :
Des tronçons ramassés on refait un entier.
Le soir de la bataille on panse sa blessure ;
Et quand n'existe pas au fond la flétrissure,
Lorsque l'honneur est sauf, on reprend sa valeur,
Pour effacer un jour le deuil et le malheur.
Ce jour l'abaissement et demain l'apogée ;
Le triomphe ennoblit la victime outragée,
Et la gloire est plus grande et l'éclat est plus beau.
Quand la vie circule au sortir du tombeau.
Loin de décourager doit rajeunir l'épreuve ;
Les maux plus ou moins grands dont le ciel nous abreuve,
Ne sont-ils pas donnés pour mieux faire éclater
Le moment où l'homme est près de ressusciter ?
Courage donc, ô France, ô ma belle patrie ;
Tu fus bien malheureuse, hélas ! mais non flétrie.
Recueille tes lambeaux, compte sur tes enfants,
Dieu te réserve encor des jours beaux, triomphants !
Leur cœur nourrit, crois-le, quelque patriotisme ;
Ton amour peut compter plus d'un beau fanatisme ;

A l'œuvre donc, à l'œuvre ! Et sans dire à demain,
Quand la mère succombe, enfants, portons la main !
Après l'éclipse on voit le soleil reparaître ;
De ses cendres Phénix ne sait-il pas renaître ?
. . . . Mais non, j'avais compté sans la division :
Où la paix doit régner est la désunion.
La paix seule féconde et non pas la discorde.
La famille est heureuse alors que l'on s'accorde,
Mais malheur aux enfants qui marchent divisés !
Bientôt par le malheur ils se verront brisés.
N'oublions les faisceaux et leur si grande force,
Alors qu'ils sont unis. Advienne le divorce,
Chacun séparément est bien vite rompu :
Seul le manque d'amour fait qu'un peuple est vaincu.
Lorsque d'un moribond la tombe est entr'ouverte,
Tous les enfants aimés cessent la guerre ouverte ;
Au pied de ce chevet ils posent leur courroux,
Ils se tendent la main, puis ils s'embrassent tous.
Ainsi je me disais : les enfants de la France
Feront taire leur ire et leur chère espérance ;
Ils seront tous unis, ils seront tous Français,
Tous se consacreront en masse à ton succès.
Hélas ! Il n'en est rien. Il n'est plus d'alliance :
Mort est le tendre amour, morte est la confiance !
Chacun a sa chimère et son ambition,
Plutôt que mon parti, péris, ô nation !

Franchissons un instant le seuil de cette Chambre,
Nous chercherons en vain un orateur, un membre,
Qui voyant son pays aussi près du tombeau,
Sacrifie pour lui sa loque et son drapeau.
Tous consacrent leurs soins à fomenter la haine ;
Qu'importe la faiblesse et la ruine prochaine !
Loin de te rajeunir par de nouvelles lois,
Ils s'occupent d'eux seuls, de leurs futurs exploits.
D'abord, mon fol espoir, j'encense mon idole !
Et pendant ce temps-là ta splendide auréole
De gloire et de beauté se ternit sous nos yeux,
Infimes rejetons de superbes aïeux !
O mon pauvre pays, ô grande et noble France,
Dois-tu donc de ton cœur exiler l'espérance ?
En sera-t-il de toi comme des nations,
Qu'emporte un jour le flot des révolutions !

Chatou, le 24 mai 1874.

IV

A MAC-MAHON

De tout temps se leva pour célébrer la gloire
D'un homme magnanime ou grand par la victoire,
Un poëte inspiré qui, dans des vers heureux,
Sur la Lyre chanta ce mortel généreux.
Achille eut son Homère ; Auguste, son Horace ;
Boileau vanta Louis. Sans avoir son audace,
Permets, ô Maréchal, de chanter tes exploits
Au plus humble sujet qui vécut sous tes lois.
Ma muse est vierge encor d'une impure caresse;
Personne n'a connu son amour, sa tendresse ;
Accepte ses ardeurs et ses premiers transports,
Et, si c'est un mérite, accueille ses efforts.
En ce siècle où souvent s'éclipse le courage,
Où l'homme voit léger, si petit son bagage
De grandes actions, de pensers vigoureux ;
Où l'on coudoie, hélas ! tant de gens malheureux,

Naviguant sans espoir, sans boussole et sans culte,
Où l'âme est négligée, ignare et presque inculte.
Où l'on foule à ses pieds les plus divines lois,
En ce siècle fécond en si maigres exploits.
Ma Muse en vain cherchait un patriote, un homme
De la taille de ceux qu'autrefois avait Rome,
Un citoyen superbe en son grand dévoûment,
(Car ils sont clair-semés sous le bleu firmament)
Quand tu te présentas. Souffre que je t'encense,
Que je rende un hommage à ta belle vaillance.
Ce que j'admire en toi, c'est surtout le soldat.
Toujours prêt à la lutte, intrépide au combat,
Inflexible au devoir, ferme à la discipline,
Qui ne connaît qu'un mot et n'a qu'une doctrine :
Se vouer au pays et cela sans retour,
Ne jamais marchander ni peser son amour.
« La France est malheureuse ? — Allons à sa défense ;
« Mon courage est à toi, tout, mon intelligence,
« O pays adoré, qu'accable le malheur ! »
Et quel que soit l'instant, quel que soit le labeur,
Tu te mets au travail et ne crains la corvée.
La France est en péril ? Elle sera sauvée.
Et n'écoutant alors que ton beau mouvement.
Refoulant en ton cœur tout autre sentiment.
Tu ne mesures point ta force et ton courage,
Ta fatigue et tes soins, ta vieillesse et ton âge

A notre cher pays. Il peut compter sur toi ;
Et jamais ne faiblit ton ardeur ou ta foi.
Ce rôle commença dès ta tendre jeunesse.
Pourquoi citer ici tes hauts faits, ta hardiesse ?
Tous tes grades conquis témoignent ta valeur,
Ton grand patriotisme et ton immense cœur.
Tu te montras toujours à la hauteur du grade.
Depuis Léonidas et depuis Miltiade,
On ne peut admirer plus solide vertu ;
Jamais grand général n'aura mieux combattu.
De tes nombreux exploits notre moderne histoire
Est fière et gardera pour toujours la mémoire :
Sur sa page d'honneur sont inscrits tes succès ;
Ton nom brille à côté des plus grands noms français.
Tu quittes glorieux la terre d'Algérie,
Où tu servis si bien notre mère-patrie.
Ta vaillance grandit, s'illustre en Orient,
L'ennemi t'y contemple altier et foudroyant.
Survient une autre guerre : alors, en Italie,
Ton héroïsme éclate et promptement rallie
Les soldats qui devaient remporter Magenta.
La Fortune, dès lors, comme enfant t'adopta,
Et tu devais marcher de victoire en victoire
Jusqu'à l'instant fameux où, sans ternir ta gloire.....
Hélas ! rien n'est bien stable et solide ici-bas !
Fortune, qui toujours avait guidé tes pas,

Devait t'abandonner inconstante, éphémère,
Dans tes derniers combats, dans la dernière guerre ;
Et Reischoffen te vit abattu, malheureux,
Malgré tant de courage et d'efforts valeureux.
Rien n'y fit, ton ardeur et ta superbe audace
Qui te fit regarder l'ennemi face à face,
Ne devait enfanter que la déception.
Ton étoile pâlit ce jour, ô nation !
Malgré tant de vertu, malgré tant d'héroïsme,
Nous devions aboutir à l'affreux cataclysme
Qui devait nous livrer comme proie aux Prussiens.
Cependant le pays n'eut à rougir des siens.
Septembre s'en suivit, puis après la Commune.
Là, tu vois refleurir ton antique fortune :
Tu chasses devant toi le barbare inhumain
Qui, monstre impur, immonde et faux républicain,
Se vautre dans la fange et se gorge des ruines
Du pays malheureux. Rien ne vaut ses rapines,
L'histoire n'offre rien qui soit moins généreux
Que cet être maudit, ce citoyen véreux,
Rebut du genre humain, horreur de la nature,
Monstre d'iniquité, respirant l'imposture.....
Enfin tu triomphas de l'être sans pudeur,
Et la France reprit un instant sa vigueur.
L'astre s'arrête enfin quand il atteint sa course ;
Et le fleuve, coulant de la lointaine source,

Voit se perdre ses eaux au prochain Océan.
La force est mesurée au musculeux géant;
Le terme attend toujours la faible créature;
Pour toi n'existe pas cette loi de nature.
Il semble, après cela, que tu ne peux grandir,
Que ton laurier si beau ne peut toujours verdir,
Que ton bras fatigué, faiblissa t sous l'année,
Ne pourra plus tenir ta grande et lourde épée,
Ton rôle était fini ; le mérité repos
Devait fermer leur ère à tes nombreux travaux.
L'athlète avait besoin, au bout de la carrière,
Où son corps était blanc de si noble poussière,
De respirer enfin. Non, fidèle au devoir,
La France te rappelle, et soudain du pouvoir
Tu gravis sans broncher la marche chancelante,
Et tu veilles depuis, ô sentinelle ardente !
Qu'importe la fatigue et qu'importent les ans,
Qu'importent la famille et tes aimés enfants,
Que tu pouvais chérir et choyer en silence,
Après une aussi longue, une aussi belle absence !
La Patrie avant tout. Ton épée et ton bras
Lui sont quand même acquis et ce jusqu'au trépas.
La bonté du Très-Haut, immense, incontestable,
A côté du malheur, si grand qu'il nous accable,
Place toujours remède et consolation :
« Tu souffriras, dit-il, ô grande nation ;

« Mais un homme sera, dans ta si rude épreuve,
« Dont ma grande justice en ce grand jour t'abreuve.
« Pour te porter secours, qui te tendra la main ;
« Il sera la lumière et la force en chemin.
« Accepte son appui, marche et te mets en route ;
« Au devoir, à l'honneur, il conduira, nul doute !
« Compte sur sa valeur, sur son intégrité !... »
Marchons sous sa bannière à l'unanimité !

V

QUE DIRAI-JE ENCORE !

Çà tout d'abord, trève à la politique.
C'est mal porté, — les sots ont ce travers.
Je ne puis rien pour la chose publique.
Puis ce sujet se traite mal en vers.

Le grand Hugo, ce vigoureux poëte.
Y perdit tout, et ne l'imitons pas.
Du bon Musset, moins chaleureux athlète,
Suivons plutôt les traces et les pas.

De son esprit je n'aurai pas les charmes.
Il dit si bien, surtout si bien en vers !
— Un conquérant ne dépose les armes
Pour ne pouvoir dominer l'univers.

Il chanta tout. Que chanter autre chose ?
Sur ses sillons je penche pour glaner.
Ruth ramassait dans les champs de Booze
Quelques épis, ne pouvant moissonner.

Ainsi je fais. Allons, Muse, courage !
Inspire-moi quelques nobles accents !
Si je n'ai point le sublime en partage,
Au naturel vite je redescends.

Mais c'est assez, trop long est ce prologue.
Car j'aurais dû de suite commencer.
Le doux Virgile, en sa première églogue,
Entre en matière et ce sans s'excuser.

VI

SUR LA MORT DE JULES JANIN

Muse, jetons des fleurs sur cette tombe ouverte !
Jules Janin n'est plus ; du Cocyte aux flots lents
Il à franchi la rive. Hélas ! la palme verte
N'a retenu la Mort qui fauche les talents.

Son exil est fini sur cette ingrate terre :
Il a fui pour jamais ce monde de tourments ;
Son âme a pris son vol vers la rive étrangère,
Où ne sont point connus mensonge et faux serments.

Effeuillons sur son corps les myrtes et les roses,
La pensée et l'œillet, les fleurs qu'il aimait tant !
Muse, cueillons surtout les plus fraîches écloses,
Doux éclat et fraîcheur, n'est-ce pas son talent !

Il habite aujourd'hui les beaux Champs-Elysées,
Avec Sapho, Lycurgue, Ennius et Platon ;
Il échange avec eux les plus douces pensées,
Il y coudoie Homère, y retrouve Caton.

Tous ses auteurs chéris, les sublîmes classiques :
Euripide et Sophocle, Eschyle, Anacréon,
Aristote, Hésiode, et ses chers romantiques,
Musset et Théophile inscrits au Panthéon.

Pindare, Aristophane, Alcée et Lamartine,
Théocrite et Tibulle, et Ponsard et Dumas,
Tous ses rivaux de gloire, et Corneille et Racine,
Ont tressailli de joie en entendant ses pas.

« Salut, lui dit Horace, allons joindre les ombres
« Dans le séjour des bons, demeure parmi nous ;
« Tu dois fixer ta course en ces rivages sombres,
« Où le juste jouit d'un repos frais et doux.

« Trop longtemps tu vécus sur la terre ennemie,
« Oublie des humains la hideuse noirceur !
« Ici tu trouveras une autre Académie
« Digne de ton talent, comme aussi de ton cœur.

« Tu nous manquais, ami ; la céleste phalange
« Te réclamait souvent. Ton Horace, sur tous,
« Que tu chantais si bien, en si belle louange,
« De tes frères là-haut bien des fois fut jaloux.

« Viens, viens, nous causerons de Chloé, de Lydie,
« Des amours passagers, de ruisseaux et de fleurs,

« Des vieux vins généreux, des bergers d'Arcadie,
« Et d'Athènes et de Rome et des neuf Muses sœurs !

« Nous parlerons beaux-arts, grâces et poésie,
« Nous chanterons les Dieux amis et protecteurs,
« Et Préneste et Tibur, la claire Bandousie,
« Viens, nous allons couler des moments enchanteurs.

« Un souvenir sera pour ta compagne aimée,
« Pour celle que ton cœur aimait si tendrement ;
« Par nos soins ta douleur se verra comprimée ;
« Elle aussi te regrette et pleure amèrement !

« Mécène veut te voir, Auguste aussi t'appelle :
« Ils sont là retirés sous ces ombrages frais ;
« Viens goûter avec eux la jeunesse éternelle,
« De leurs esprits si fins tous les charmes discrets !

« Les heures passent vite en ce lieu de délices,
« L'ennui ni le remords ne troublent nos instants.
« On ne trouve la lie au fond de nos calices,
« C'est une ivresse immense et des plaisirs constants.

« Ovide charmera, par ses métamorphoses,
« A l'ombre des bosquets, nos loisirs plantureux ;
« Il dira le *Chaos*, Phaëton, mille choses
« Que son luth soupira dans des vers amoureux.

« Virgile chantera ses tendres *Bucoliques*,
« De ses heureux bergers les plaisirs non trompeurs,
« La nature et ses lois, ses belles *Géorgiques*,
« Et d'Enée pieux les terribles labeurs.

« Puis Tullius viendra, de l'aimable vieillesse,
« Te répéter encor les attraits, les douceurs :
« Socrate vantera l'éternelle sagesse,
« Pompée les combats, Solon les bonnes mœurs. »

Il suivit, entraîné, ces ombres parfumées.
Avec elles depuis c'est un doux entretien :
Ils célèbrent les Dieux dans leurs heures charmées,
Le mode seul varie, ionique ou dorien.

VII

AVRIL

A ce nom si charmant, si frais, si poétique,
Qu'il semble qu'on entend au loin une musique,
Caressant doucement et l'oreille et le cœur,
On ressent comme un charme et discret et vainqueur.
Avril ! et tout s'entr'ouvre au sein de la nature,
Il semble qu'on entend comme un vague murmure,
Comme un écho lointain, apporté par le vent,
Redit par une harpe au son d'or, enivrant,
Les baisers, les soupirs que la nature entière
Pousse après un long deuil. La saison printanière,
Avec ce mois coquet, s'annonce en ce moment :
Tout est joie et soleil sous le bleu firmament ;
Avril, c'est la gaîté, c'est la douce espérance.
Arrière la saison qui porte la souffrance !
Foin des soucis trop noirs et des rudes tracas !
Hiver, fuis en exil, toi, tes tristes frimas !

Avril vient ramenant une saison nouvelle,
Et déjà je vois poindre un oiseau, l'hirondelle.
Gentille messagère, annonçant le printemps.
Une brise légère a fait fuir les autans,
Tout sourit. Les oiseaux, de leur tendre ramage,
Font résonner les airs. Doux est leur caquetage :
Ils nous parlent d'amour et bâtissent leurs nids
Sous la verte ramée et les cieux infinis.
Une note s'entend immense, universelle :
Aimez-vous, Aimez-vous. L'amour partout ruisselle.
En la sève de l'arbre, en l'onde du ruisseau,
Dans la forêt si vide où déjà l'arbrisseau,
Succombant à la loi, pousse feuille nouvelle.
Le cœur gonflé s'allume à la vaste étincelle :
Tout a besoin d'amour, depuis l'herbe du pré,
Se fanant tristement sous un soleil pourpré,
Et réclamant du ciel la goutte de rosée,
Jusqu'à notre âme, hélas! languissant délaissée.
Avide d'engendrer, la terre ouvre son sein,
Et la pluie y dépose un germe tout divin.
Tout produit ici-bas sous féconde caresse :
La tige sèche hier, attestant la détresse,
Fait éclore à nos yeux la purpurine fleur.
Désormais plus de larme, enfant, sèche ton pleur.
Respire le parfum de la terre embaumée !
La joie est sous tes pas abondamment semée.

C'est la saison des jeux, c'est la saison des ris.
Accueille-la bien vite en tes jeunes esprits,
Donne-toi tout entier. La grande Providence,
En répandant ces biens en si large abondance,
A voulu qu'ici-bas, sans regrets nous jouissions ;
Pas de remords oisifs et de désertions !
A l'immense banquet où la nature en fête
Te prie et te convoque, que ton âme s'arrête!
Trop tôt viendra l'instant où tu-ne pourras plus
Goûter avec bonheur les plaisirs superflus.
Aimer, c'est rendre à Dieu sur la terre un hommage ;
S'il nous donna l'amour en généreux partage,
C'est qu'il voulait, enfant, que notre cœur épris
Se rendit à sa loi. Sages et beaux esprits,
Je vous nargue un moment. Gardez votre sagesse,
Mais laissez-moi l'amour et sa si grande ivresse ;
Laissez-moi m'abreuver à ses flots enchanteurs ;
Mon jeune cœur a soif des plaisirs séducteurs
Qu'apporte sur son aile, humide de baisers,
Avril, le doux avril. Enfants, obéissez !
Le bon Dieu vous regarde en haut de sa demeure.
Un jour il nous dira : Cesse tes ris et pleure ;
N'attendez ce moment, profitez du bonheur
Que vous promet l'amour et son charme vainqueur.
Chaque chose a son but, son essence suprême :
La rose a son parfum, la fleur son diadème,

Pour réjouir nos yeux et captiver nos sens ;
Pour la verte prairie, en flots bleus, abondants.
Coule le clair ruisseau ranimant la verdure.
Tout tend vers son objet en la vaste nature,
Dans l'immense univers, ce terrestre séjour :
L'âme tend vers le ciel, le cœur rêve l'amour.

VIII

SOUVENIR.

A Mademoiselle M.... F.

C'était un soir d'été, la nuit était sans voiles,
Le ciel était d'azur, tout constellé d'étoiles,
Le chant du nautonnier seul troublait les échos.
Parfois on entendait le murmure des eaux,
Coulant tranquillement de la source lointaine
Pour se perdre en cadence à la mer plus prochaine.
La nymphe soupirait, se cachant sous les flots ;
Du jour étaient finis les pénibles travaux.
Invité par le soir, je rêvais en silence
Et je pensais à toi, à toi de qui l'absence
Cause tant de tourments en mon cœur enivré.
Alors je me souvins de ton beau corps serré
Tant de fois dans mes bras, là, sur la même rive.
O les beaux rêves d'or, plus belle fugitive,

Que nous faisions tous deux dans l'ombre de la nuit.
Qui de son aile, enfant, couvrait le chaste bruit
De nos baisers si doux, de ce serment si tendre !
Pourquoi de ce bonheur me fallut-il descendre ?
Oh ! les sommets, alors par nos cœurs habités.
Etaient placés si haut ! Pour qu'il fussent quittés.
Il fallait, ce me semble, un monde de souffrance.
J'avais abandonné tout, jusqu'à l'espérance.
Que pouvais-je rêver ? Tant de réalité
Avait comblé mon âme et pour l'éternité :
Le bonheur des élus était plus immuable.
Mais non plus grand qu'alors mon ivresse ineffable ;
Et même elle devait résister aux autans,
Respirant la fraîcheur d'un éternel printemps.
Nous l'avions mesurée, enfant, à notre vie.
Pourquoi déjà sitôt nous est-elle ravie ?
De ce moment si doux, à peine un souvenir !
Ainsi, tout ici-bas doit-il passer, finir ?

IX

CHATOU

Tout près de Saint-Germain, et sur la même ligne,
Vous trouverez Chatou. L'on y pêche à la ligne,
(C'est un plaisir du crû) mais pas en ce moment.
Tous les ans l'interdit notre gouvernement
A cette époque même. En notre belle France.
Séjour de liberté, de rêve et d'espérance,
La loi tôt intervient. Elle a raison, ma foi,
Et, loin de la blâmer, j'approuve fort la loi.
Pourquoi des habitants, car ils vivent dans l'onde,
Ne pourraient-ils aussi goûter la paix profonde
Pendant près de deux mois, pour fêter leurs amours ?
Pourquoi de leurs soupirs interrompre le cours ?
Car, pour être poisson, est-on exempt, en somme,
Du besoin de s'aimer dont tant est jaloux l'homme ?
C'est la loi de nature : il faut bien féconder.
Laissons-les donc en paix, sans même regarder

Je reviens à Chatou. Ce n'est pas un village,
Ce n'est point une ville au trop bruyant ramage,
Comment dire cela ? C'est un endroit charmant
Que les eaux de la Seine arrosent lentement.
A deux pas est cette île au nom de Grenouillère.
Là, jadis les amants venaient, avec mystère,
Deux à deux gentiment, s'entrelaçant les mains,
Echanger des baisers loin des pâles humains ;
Et, fuyant les tracas, jouir, loin de la ville,
Des plaisirs que procure un bien discret asile ;
Là, tous deux, sans témoins, ils prenaient leurs ébats,
L'amour certe y livra de bien rudes combats.
Beaux arbres, sous le toit de votre vert feuillage,
Vous avez abrité cet éternel langage,
Où deux amants épris jurent fidélité,
Et que le vent du soir a bien vite emporté !
Vous avez abrité de suaves caresses,
Trésors de tous les ans, du jeune âge richesses !
Aujourd'hui c'est un lieu par trop, trop recherché,
Le rendez-vous galant du jeune débauché ;
C'est le séjour des ris et des amours faciles.
Des dames sans façon, et fort peu difficiles,
L'ont trouvé très-commode et bref l'ont adopté.
Les Laïs, les Manons, dans les chaleurs d'été,
Viennent pour y baigner leurs formes plantureuses,
Etaler leurs attraits, leurs grâces amoureuses.

Aussi, de tout Paris, et sans respect du rang,
A pleines ailes on vole à ce séjour galant
Promenons-nous un peu dans ces sentiers pleins d'ombre,
Nous trouverons bientôt des couples par grand nombre,
Etendus mollement sur un tendre gazon,
Même cela vous gagne : à ce diapazon
On est vite monté. Faisons halte, ma Muse ;
De ta docilité point ne faut que j'abuse.
Rebroussons en arrière et parlons de Chatou.
Je vous l'ai déjà dit, Chatou n'est pas un trou :
On y trouve à foison les plaisirs de la table.
Qui, comme tout Anglais, cherche le confortable,
Sans crainte y peut venir. On trouve tout ici :
Bonne chère et bon vin, restaurateur choisi,
Tous les plus rares mets. Soyons plus poétique :
Le plaisir du canot, si doux et si mystique,
Est beaucoup cultivé. Rien n'est charmant, le soir,
Comme tous ces canots, à travers le miroir
Des ondes réflétant leur gracieuse image.
Un poëte rêveur trouverait une page,
Des barques décrivant les sinuosités,
Sous les cieux bleus d'azur, d'étoiles constellés.
Dans les beaux soirs de juin, quand bruit molle brise,
Parfois on se croirait tout à coup à Venise.
Glissant rapidement sur les limpides eaux,
Quand la nacelle emporte au loin tes tourtereaux.

L'imagination figure une gondole
Coquette, se berçant sous le souffle d'Eole,
Que conduit une nymphe avec discrétion
Au temple de l'amour. Fuis, ô déception !
Allez, gais jeunes gens, parcourez votre route !
Que bien tard en vos cœurs entre le sombre doute !
L'écueil est là bien près, mais ne regardez pas.
Chatou vous offre encor d'autres charmants appâts.
S'il me fallait chanter, célébrer tous ses charmes,
Je me verrais contraint de déposer les armes.
Encore un mot pourtant. Je veux vous présenter
La population. Paris vient l'habiter ;
J'entends le gai Paris, intelligent, artiste.
Chaque an voit s'allonger, voit se grossir la liste.
C'est là que tous les soirs, après rude labeur,
Le riche financier vient chercher le bonheur.
Dans sa propriété, commode et spacieuse,
Où l'attend sa famille adorable et rieuse,
Auprès de ses enfants, au bruit de leurs ébats.
De la vie il oublie alors les grands tracas.
L'agent n'existe plus, mais se retrouve l'homme
Qui laisse aimer son cœur — il est humain en somme.
Plus loin, dans ce séjour rappelant un manoir,
Est un chanteur en vogue, et sa voix chaque soir
Charme le voisinage. Ailleurs, c'est une étoile
Revenant femme enfin, et déposant tout voile,

L'artiste, dédaignant un applaudissement
Quoique cher à son cœur, sous le bleu firmament
Dépouille tout mensonge ; *Henriette* ou *Marguerite*,
Rejetant loin le masque et respirant bien vite,
Se promène cherchant le repos loin du bruit,
A la pâle clarté de l'astre de la nuit.
Sous cette voûte ombreuse à la fois si discrète,
Erre amoureusement un auteur, un poëte,
Poursuivant une rime et guettant un soupir
Que redira son luth. Mais il me faut finir.
Chatou, gentil Chatou, frais et discret asile,
Nous aimons tous ta vie aimable et si tranquille !
Reçois donc ce tribut de bonne affection
Pour ton abri charmant et ta protection !

Chatou, le 3 Juin 1875.

X

SUR LA MORT DE GEORGES BIZET.

Qui de nous sondera jamais ta providence,
Grand Dieu, tous tes desseins vastes et ténébreux ?
Qui pourra pénétrer ton ire ou ta clémence,
Quand tu frappes soudain de tes coups si nombreux ?

A jamais, garde-moi de ne point mettre en doute
Ton amour éclatant pour notre humanité !
Mais parfois je m'arrête, inquiet sur la route.
Recherchant où commence et finit ta bonté.

Ta main s'appesantit-elle encor sur la France,
Que tu ravis ainsi nos hommes glorieux ?
Même nous défends-tu la timide espérance,
Que ta justice atteint jeunes par l'âge ou vieux ?

Ainsi, quand l'Aquillon souffle fougueux, en rage,
Il s'attaque aux fruits mûrs, renverse les moissons ;
Et sa violence extrême, augmentant le ravage,
Dessèche dans la fleur les plus tendres bourgeons.

Un jeune homme était là, plein de force et de sève,
Arbre déjà chargé des plus riantes fleurs :
La trop jalouse Mort le tranche de son glaive,
Répandant sur son corps les livides pâleurs.

Trente ans ! Déjà sitôt connaître de la tombe,
Le silence et le froid ! — Ah ! cela fait frémir.
A peine était-il né que voilà qu'il succombe,
Comme une jeune plante, au moment de s'ouvrir.

Adieu famille, amour ! adieu bonheur, tendresse !
Il n'a fait qu'entrevoir vos charmes séduisants.
Et pourtant il rêvait la vie enchanteresse.
(Le ciel l'avait comblé de si riches présents !)

Et pourtant souriait une heureuse existence,
La Gloire avait déjà couronné ce beau front ;
Le poëte enivré composait une stance
Qui devait célébrer un succès si fécond.

Euterpe avait cueilli fleurs nouvelles écloses,
Les lauriers les plus beaux, comme aussi les plus frais.
Symboles du succès, myrthes, lauriers et roses,
Vous vous fanez soudain, vous changez en cyprès !

Quand je croyais chanter avec toi d'allégresse,
Muse, pousser ensemble un hurrah de bonheur,
Notre lyre est muette ou vibre une détresse,
Et l'écho retentit répétant sa douleur.

Ce n'est plus la belle ode, à la forme pompeuse,
S'élevant jusqu'aux cieux pour chanter un vainqueur
Qu'il nous faut entonner. C'est une hymne pieuse,
Qu'interrompra souvent plus d'un cri, plus d'un pleur.

Pourquoi fouiller, ami, l'examen de ton œuvre ?
Ce serait constater un continu succès :
Des œuvres de talent, présageant des chefs-d'œuvre,
M'exposeraient, hélas ! à de trop vifs regrets.

Le Docteur, *Djamiley*, *Fille de Perth jolie*,
Les Pêcheurs attestaient ton luth mâle et puissant ;
Enfin ton *Arlésienne* et ta *Carmen* chérie
Ont confirmé plus tard ce présage naissant.

Je me transporte, ami, par la prompte pensée.
Au jour heureux pour tous où fut exécuté
Ton hymne vigoureux, ta *Patrie* inspirée.
Tous nous applaudissions ton talent enchanté.

Ah ! Comme résonnait, généreux dans ton âme,
Le saint patriotisme après les jours de deuil.
Tu gravais cet élan en des notes de flamme,
Et nos cœurs bondissaient d'amour, sinon d'orgueil.

Tantôt, nous rappelant les longs jours de souffrance,
Ta mélodie avait des sanglots et des pleurs ;
Puis soudain, forte et grande, invoquant l'espérance,
Ravivait nos vertus, nos antiques valeurs.

Nous nous écriions tous : « Encore un qui se lève,
Dont tu seras un jour bien fière, ô nation ;
Laissons faire le temps, que son destin s'achève,
Du génie il sera l'enfant d'adoption !

Et voilà que ton luth rentre dans le silence,
La mort vient nous ravir le grand compositeur,
Le Tyrtée inspiré qui, par son éloquence,
Soufflait aux citoyens le courage et l'ardeur.

Oh ! nous avons pleuré sous les voûtes du temple,
Quand l'orgue aux sons plaintifs soupirait tes accents,
Si beaux et si touchants, l'inspiration ample
Qui dénonçait l'artiste aux sublimes élans !

Nous avons tous versé des larmes bien sincères
Au souvenir cuisant de celui qui n'est plus.
Honneur, gloire, beauté, choses tant éphémères !
Pourquoi donc caresser tous vos biens superflus !

Et toi, sa jeune femme, aussi mère éplorée,
A peine as-tu connu de ce cœur le trésor !
Sa tendresse infinie, à peine savourée,
Te promettait des jours filés de soie et d'or.

Reçois notre tribut, accepte cet hommage
Dicté par notre amour, notre admiration,
Heureux si cette larme ou cette simple page
Peut porter en ton cœur la consolation !

XI

AUX MORTS !

Que pouvez-vous rêver dans ce lit funéraire?
L'inconnu, l'infini, le vague ou le néant ?
Et quand j'aurai grossi votre immense ossuaire,
(Loin de moi tout penser profane et malséant)

Est-il vrai que j'aurai dépouillé toute flamme
D'un amour insensé, d'une terrestre ardeur,
Qu'au ciel où volera, je l'espère, mon âme,
Je goûterai là-haut le plus parfait bonheur ?

Serai-je délivré des passions malsaines
Qui n'engendrent ici que chagrins, que douleurs ?
Respirerai-je enfin atmosphères plus saines ?
Ne verserai-je plus de trop abondants pleurs ?

Ou bien serai-je froid, muet, morme, immobile
Comme un marbre isolé sur le bord du chemin,
Tout comme une statue iusensible et tranquille ?
Tel était autrefois le sénateur Romain.

A ces réflexions ma pensée s'abîme,
Je creuse mon cerveau qui ne me répond rien.
Insondable problême, atteindrai-je ta cime ?
Est ce trop présumer des efforts d'un chrétien ?

Je marche et plus s'éloigne un but que je crois proche,
O mirage trompeur, chaque jour décevants !
Quand je le crois atteint, il fuit à mon approche,
Comme un fantôme noir sur les ailes du vent.

O vous, que j'interroge avec chaude fièvre,
Ne pouvez-vous répondre à mon appel pressant ?
C'est en vain que j'épie un mot sur votre lèvre,
Rien ne vient assouvir mon désir incessant.

Oui, je dois m'incliner devant ce grand mystère,
Et peut-être est-ce mal de vouloir le sonder !
L'homme n'a qu'un devoir : espérer sur la terre.
A travers l'infini que sert de regarder?

A ces hauteurs en vain votre esprit veut atteindre,
Philosophes, alors vous perdez le maintien ;
Le vertige vous prend, l'on vous voit trembler, craindre,
Lorsque vous n'avez plus la foi comme soutien.

Vous avez beau forger tel ou tel beau système,
Vous perdez tous vos soins et vos inductions ;
Votre orgueil ne vous vaut qu'un affreux anathème,
Châtiment mérité de vos prétentions.

Le corps vous appartient, ses plaisirs, ses misères
Dont vous pouvez chercher cause et solution ;
Mais l'âme et le tombeau, tout autant de mystères,
Que nul ne peut sonder sans profanation.

Vous voulez vous hisser à la hauteur céleste,
Et vous laissez en bas toute provision ;
Car lorque l'on n'a pas la croyance pour leste,
Dure et lourde est la chute ou la contusion.

Vous ressemblez alors aux fils du patriarche,
Bâtissant une tour grande en dimension,
Vous avez beau crier : plus haut, en avant, marche !
En votre langue tôt règne confusion.

Oui, depuis six mille ans, tout votre échafaudage
S'est toujours écroulé faute d'un point d'appui :
Quand vous êtes au haut, se brise le cordage,
Et vous roulez alors dans la profonde nuit.

Bornez-vous donc enfin à croire sur la terre,
A croire sans chercher le comment, le pourquoi ;
Rechercher l'infini, c'est sonder la chimère,
Votre raison s'arrête où commence la foi.

XII

L'ARTISTE

Homme tant conspué, si rayé de la liste
Des humains, des heureux, être vil, renégat,
Indigne de pardon, je te plains, pauvre artiste,
Combattant ton combat.

Tu n'as pas droit de vie en la machine ronde,
Qu'as-tu pour arriver ? Ta douce illusion ?
Et ce n'est point cela que demande ce monde,
Pétri d'ambition.

Tu ne sais point compter, entasser une somme,
Calculer l'intérêt de sordides écus ;
Dès lors tu n'as plus nom et plus figure d'homme.
Va grossir les vaincus !

Négligeant ta guenille, hélas ! si dénudée,
Tu nous parles d'amour, de talent, de vertu,
Tu vis dans le nuage, ébauchant une idée,
Mais de l'or, en as-tu ?

C'est cela qu'il te faut dans le siècle où nous sommes,
Rengaîne ton grimoire et parle nous d'argent,
Deviens riche d'abord, car toujours chez les hommes
Est mal vu l'indigent.

Et pourtant ce richard, insultant ta misère,
Eprouve le besoin de t'avoir parmi nous ;
Que ferait-il des biens qu'il a sur cette terre,
Sans tes dons si jaloux ?

Sous ses lambris dorés, l'ennui l'atteint, le gagne,
Dans son coffre se glisse une déception.
Qu'il habite la ville ou fuie à la campagne,
Même désertion.

A peine a-t-il acquis honneurs, gloire, richesse,
Qu'il sent un vide affreux de par son alentour ;
La vie fait défaut, il veut une caresse,
Il a besoin d'amour.

Et dans sa soif ardente, où veux-tu qu'il s'abreuve !
Si ce n'est à ta source, à ton flot enchanté.
N'es-tu pas ici-bas le vaste, abondant fleuve,
Roulant la vérité ?

Alors il pense à toi, si délaissé du monde ;
Avec rage il achète et livres et tableaux,
Où ruisselle ta vie, où l'existence abonde,
Il goûte tes travaux.

Dans ses appartements il empile, il empile
Tous les trésors sortis de ton large cerveau,
Toutes les œuvres d'art faites d'or ou d'argile
Du goût le plus nouveau.

Ses jardins sont meublés des plus belles statues,
Ses salons sont bordés d'ouvrages enchanteurs ;
Tout regorge chez lui, jusqu'aux moindres issues,
D'ouvrages séducteurs.

Mais ce n'est point-là tout, en son intelligence
Il voit le vide grand en son petit esprit ;
Et comprenant alors sa si grande indigence,
Dans ton livre il s'instruit.

Même poussant plus loin cet examen si triste,
Alors qu'il voit si lent battre son pauvre cœur,
C'est à toi qu'il demande, à toi grand humaniste,
Un soupir de bonheur.

C'est toi qui fais vibrer dans son âme stérile
Tous les beaux sentiments, l'ardente passion ;
Toi qui dois ranimer son cœur froid et futile,
Rêvant l'émotion !

Ainsi toujours de toi, qu'il blâme et répudie,
Il réclame les biens les plus beaux, les plus grands.
A ta porte toujours, à toute heure il mendie
Les plaisirs enivrants.

Qu'importe donc, ami, son amour ou sa haine,
Marche la tête haute et nargue tout affront!
Lutte ton beau combat, la victoire est certaine,
Tôt sera ceint ton front.

Le monde ! c'est par toi qu'il recule ou qu'il marche,
Tu lui souffles l'élan, tu lui souffles transports.
Et si, dans le sentier, glorieuse est sa marche,
Honneur à tes efforts !

Tu règnes sur le monde, ainsi qu'un savant maître,
Dieu te donne courage et t'inspire la foi.
Les riches, les puissants ? On les voit se soumettre
A ta sublîme loi.

Ainsi que l'astre au loin répandant la lumière,
Tu traces par le monde un splendide sillon
Que suivront les humains. Sous ta belle bannière
Marche leur bataillon.

Semblable à cette étoile autrefois rayonnante,
Que le Mage suivait, cherchant la vérité,
Tu guides sur la terre, en ta lueur ardente,
L'homme vers la beauté.

Tu lui montres le ciel, plus beau, plus manifeste,
Tu jettes dans son âme un rayon plus divin ;
Tu lui fais admirer la puissance céleste,
Tu le sors du ravin.

Oui, dusses-tu laisser un lambeau sur ta route,
Marche, marche toujours vers ton bel avenir !
Jamais ne doit germer le plus infime doute
Dans le cœur du martyr.

Sur le chemin montueux, ne regarde l'épine
Qui meurtrira ton pied endolori, sanglant ;
Apôtre du progrès, va, prêche ta doctrine,
Même épuisé, râlant !

Comme autrefois Jésus, gravis ton haut Calvaire,
Méprisant la douleur, sans même regarder,
Si ce n'est pour calmer des autres la misère,
Sur leurs fautes pleurer.

Ta récompense, ami, n'est point sur cette terre,
Elle est sise plus haut dans l'immortel séjour
Que Dieu réserve au bon, à l'homme grave, austère,
Victime de l'amour.

Vous qui le dédaignez, vous ignorez l'artiste,
Son vaste dévoûment, son abnégation ;
Il travaille, du vrai suivant partout la piste,
Et sans ambition.

Et pour tant de bienfaits, que veut-il ? la mémoire,
Qu'un éternel oubli ne voile un jour son nom,
Une petite place au livre de l'histoire,
Briller au Panthéon.

L'artiste, c'est cet homme, épuisé par la veille,
Livrant contre la vie un éternel combat :
Il vit pauvre et sublime, il s'appelle Corneille,
Il meurt sur un grabat ;

L'artiste, c'est cet homme, épiant la nature,
Surprenant ses desseins cachés, mystérieux :
C'est, hélas ! Galilée, accusé d'imposture,
S'il régente les cieux ;

L'artiste, c'est cet homme, errant à l'aventure,
A l'aspect morne et sombre, au regard triste, éteint :
C'est Homère chantant les Dieux et la nature
Pour un morceau de pain ;

L'artiste, c'est cet homme admirable, sublime,
Entrevoyant de Dieu l'éclatante beauté,
C'est Socrate inspiré, succombant, magnanime,
Martyr de vérité ;

L'artiste, c'est Orphée, exerçant son empire
Sur les bois, la nature et sur les animaux ;
C'est encore Amphion, aux accents de sa lyre,
Elevant des travaux ;

L'artiste, c'est encore et surtout Prométhée,
Jaloux de Jupiter, qui crée l'être humain,
Ravissant l'étincelle à la voûte azurée
De sa splendide main ;

L'artiste, c'est cet homme au regard vaste, étrange,
Sur le monde passant trop souvent incompris.
Ah ! que ne puis-je ici, glorieuse phalange,
Citer tous tes esprits !

Chatou, le 1er Juillet 1875.

XIII

LES HEURES

Filles du temps, sonnez silencieuses,
Heures sonnez, annonçant le printemps !
Apportez sur vos ailes gracieuses
L'écho lointain des bonheurs inconstants !

Sonnez toujours pour annoncer les charmes
Des doux amours, de la franche gaîté ;
Ne ramenez les terribles alarmes,
Ou bien passez avec rapidité !

Quand, au beffroi, jentends votre tapage,
Le carillon par d'autres écouté,
Je songe alors combien rapide est l'âge,
Combien frivole est la fraîche beauté !

Vous rappelez du plaisir le passage.
Ce qu'il apporte est bien vite emporté ;
Je songe alors que le plaisir du sage
Seul ici-bas n'a de fragilité.

Vous semblez dire à l'âme sur la terre
Que son exil devra bientôt finir ;
Vous annoncez l'existence éphémère,
Que tout devra se faner, se ternir.

Au vain mortel, qui veut fixer sa tente
Sur notre sol et mobile et changeant,
Vous rappelez que toujours notre attente
Passe en espoir triste et désobligeant.

A l'amoureux qui rêve grande ivresse,
Qu'il doit goûter au premier rendez-vous,
Vous rappelez l'inconstante maîtresse.
Pour un heureux, combien d'autres jaloux !

A cet amant de la belle nature,
Rêvant de bois, de feuilles et de fleurs,
Vous rappelez que jaunit la verdure,
Le sombre hiver, les frimas et les pleurs.

Au malheureux que le chagrin accable,
Qui va courbant sous le trop lourd fardeau,
Vous rappelez aussi que rien n'est stable,
Que l'avenir trop sombre devient beau.

Au matelot, sur la plaine liquide,
Quand votre son arrive jusqu'à lui,
Vous rappelez que l'esquif est rapide,
Qu'il va glissant sur un bien frêle appui.

Au voyageur égaré sur la route,
Quand la tempête éclate en grand courroux,
Vous rappelez qu'au trop meurtrissant doute
Il doit fermer de son cœur les verrous ;

A ce jeune homme, emporté par l'ivresse,
Par le courage et par l'illusion,
Vous rappelez que près est la faiblesse,
Du long chemin grande dimension.

A ce vieillard qui redoute la tombe
Et qui résiste avec tenacité,
Vous rappelez que tout ici succombe,
Que rien n'est stable, à part l'éternité.

A ce soldat, sur le champ de bataille,
Qui va tomber peut-être au champ d'honneur,
Vous rappelez la glorieuse entaille
Et que la mort vaut mieux que déshonneur.

A cet ingrat qui roule la richesse,
Qui va jouir des plaisirs inconstants,
Vous rappelez qu'il est une détresse
Et qu'il doit craindre un jour les noirs autans.

Ainsi, toujours, vous rappelez au monde
Son origine et sa certaine fin,
Qu'il doit passer rapide comme l'onde
Qui va se perdre à l'Océan prochain.

Sonnez pour tous, heures, sonnez clémentes !
Si le bonheur apparaît à nos yeux,
Sonnez bien fort, mais aussi sonnez lentes,
Pour qu'il s'arrête aimable et gracieux !

Mais du malheur emportez tôt la trace,
Sonnez alors pour qu'il soit oublié,
Que votre son frappe vite l'espace,
Grâce pour l'homme ici crucifié !

XIV

A MOLIÈRE

Depuis longtemps je cherche un plan de comédie
Et je ne trouve rien. Pourtant, dans l'univers,
Le ridicule est grand, on peut à l'étourdie,
Même les yeux fermés, tomber sur un travers.

Le sujet n'en fut pas épuisé par Molière,
Ce teneur de fouet qui cingle jusqu'au sang.
En ces beaux jours encore, il trouverait matière,
Tant à nous dérider l'homme prête le flanc !

Mais il avait pour lui sa verve si comique,
Son observation, son esprit, son talent,
Son style si précis, son vers si satirique,
Et ce je ne sais quoi qui le rend si mordant.

Malheur à l'homme faux qui tombe sous sa *patte* :
Comme il le déshabille et vous le met à nu !
Certe il ne craignait pas de la nature ingrate,
De montrer à nos yeux le côté saugrenu.

Tour à tour, c'est Tartuffe ou bien le Misanthrope
Qu'il flagelle bien drù sans aucune pitié,
Cela sans employer ni figure, ni trope,
Nous chercherions en vain plus grand justicié.

Gare à M. Jourdain; le bourgeois gentilhomme,
Qui de roture las veut être armorié !
Ah ! Tu veux des honneurs ? En es-tu digne, en somme?
Bourgeois prétentieux, tôt sois pilorié !

Puis, c'est Georges Dandin, ce mari ridicule,
Fatigué du repos, de tous ses biens acquis ;
Le naïf, il se met sous la verte férule
Qui tant de fois cingla les pédants, les marquis.

Que viens-tu faire ici, toi, bonhomme Chrysale ?
Grossir le bataillon de ces maris bûtés ?
Voudrais-tu donc tâter de cette martingale
Qui frappe Trissotin à coups si répétés ?

Avare, viens céans ! A ta cassette pleine,
Toi qui voudrais encore ajouter un écu,
Tu seras fouetté, ce jusqu'en perdre haleine,
Ainsi que tout mortel de vice convaincu ;

Ah ! Philosophe chien, qui prêche bienfaisance,
Ta vie et tes conseils sont trop en désaccord ;
Tu vas apprendre tôt à rude expérience
Qu'il faut montrer l'exemple, et cela tout d'abord.

Tu nies la matière et ton âme éternelle
Tu vantes l'athéisme et tu ne crois à rien ?
Par un raisonnement convaincant, Sganarelle
Réfute ton néant. Nie les coups, vaurien ?

Et toi, drôle, qui viens exercer médecine,
N'ayant étudié du tout le corps humain,
Crois-tu qu'on empoisonne et que l'on assassine
Impunément ? Morbleu, fais encor l'homme vain !

Tourne ton dos, bien mieux se lève la lanière.
Ton orgueil va trouver son juste châtiment.
Et toi, monsieur Purgon, rengaîne ta manière,
Ta purge, ta tisane et tout ton boniment.

Usurier, crains aussi la terrible colère ;
Tu prêtes à gros taux, à trop grands intérêts.
Que viens-tu faire, hélas ! dedans cette galère ?
Scapin va dérouter ton change et tes apprêts.

A ton âge amoureux et d'une vierge, Arnolphe,
Que tu veux éduquer, former à ta façon ?
Tu seras bafoué tout autant que Pandolphe ;
L'amour simple et naïf te donnera leçon.

O prude Arsinoë, coquette Célimène,
Vos charmes ne sauraient le maître désarmer ;
Le monde tout entier est son vaste domaine,
Le sexe ne saurait son ire réprimer.

Je n'en finirais pas — quelle longue revue ? —
S'il me fallait citer tous les faibles humains
Que Molière voyait avec sa double vue,
Et sur le dos desquels il frappait à deux mains.

Toujours est-il, lecteurs, qu'en rendant cet hommage
A ce profond génie, à ce grand écrivain,
Je n'ai pu griffonner la plus petite page
Sur le moindre sujet. Je cherche encore en vain.

XV

L'ESPÉRANCE

Je me couchai ce soir, fatigué, triste et morne,
Le corps très-abattu, muet comme la borne
Au détour du chemin. Tout m'avait rebuté :
Je jouais de malheur, ce jour avait été
Néfaste, comme on dit dans le langage antique.
Un peu plus, moi croyant, je devenais sceptique,
Non pas comme autrefois le philosophe ancien,
L'original Pyrrhon ou Timon l'Athénien ;
J'allais douter de tout, moins de la Providence ;
Mon étoile brillait mauvaise en évidence.
J'avais vu tout s'enfuir en un vaste insuccès,
Mon esprit rejetait tout penser de succès ;
Après beaucoup d'efforts bien dépensés en perte ;
Je rentrais malheureux ayant l'âme déserte,
Vide de tout vraiment, ne rêvant plus à rien.
Je ne pressentais plus aucun ferme lien

Qui pût me rattacher à l'humaine existence.
Déjà m'apparaissait cette horrible sentence :
Vivre loin de l'amour, sans aucun avenir,
Est trop triste ici-bas, et mieux vaut en finir.
Cédant à mon instinct, parfois peu salutaire :
« Pourquoi continuer ce chemin solitaire,
« Me disais-je tout bas, victime du malheur,
« Sans nulle affection, accablé de labeur,
« Sans espoir et sans biens, n'ayant que la souffrance
« Pour unique soutien et pour toute espérance ?
« Oui, le conseil est bon et demain me verra.... »
Pardon, pardon, mon Dieu ! — Qui me critiquera ?
Qui n'a senti parfois venir la défaillance,
Quelle que soit l'ardeur, quelle soit la vaillance,
Dans ces moments affreux ? — Je cherchai le repos
Mais, bien que fatigué, mon corps n'était dispos
A prendre le sommeil. Une nuit d'insomnie
Me menaçait alors de sa monotonie.
Bien longtemps je veillai dans un grand espoir vain.
Quand mes yeux abattus se fermèrent soudain.
Celui-là qui veilla, celui-là seul peut dire,
Quand Morphée sur nous exerce son empire,
Sur nos membres bien las, ne pouvant plus plier,
Combien il est charmant, il est doux d'oublier,
Dans un calme parfait, les maux de l'existence.
Rien ne nous émeut plus, du moins en apparence,

Et, tout entier au soin d'obéir au repos,
D'éviter les tracas, les trop rudes travaux,
Vous goûtez loin de tous des charmes pleins d'envie.
Sans le repos aimé, qu'elle serait la vie ?
Un long tissu de maux et de déceptions.
Je me reposais donc, las des conceptions
Qu'enfantait mon esprit, creusé par le problème,
Ayant trop ruminé tel ou tel beau système,
Qu'hélas le lendemain ne peut faire aboutir,
Quand un rêve charmant, devais-je pressentir
Ce bien qui m'arriva sous la forme d'un songe ?
O berce-moi toujours, éphémère mensonge !
M'apporta sur son aile un charme tout discret,
M'enveloppa soudain d'un séduisant attrait.
Une femme —est-ce bien une femme? est-ce un ange—
Echappé du saint lieu, de la grande phalange ?
D'une beauté céleste, apparut à mes yeux.
Son maintien était noble et son port gracieux ;
Elle marchait rêveuse, et sa robe flottante,
D'un vert doux au regard, sans nuance éclatante,
Traînait sur un nuage emporté par le vent.
De sa discrète main mes rideaux soulevant :
« Dors, ami, me dit-elle, et calme ta souffrance
« Par un sommeil bien doux. Vois, je suis l'Espérance!
« Aux mortels, comme toi, fatigués du chemin,
« Je viens rendre visite et leur tendre la main.

« Pourquoi désespérer de la bonté divine ?
« C'est d'un cœur trop ingrat et d'une âme enfantine,
« Dieu laissa-t-il jamais son enfant au besoin ?
« Nuit et jour à toute heure, il te donne son soin.
« Pourquoi donc accuser sa grâce tutélaire ?
« Quand ta reconnaissance à sans cesse lui plaire
« Devrait s'ingénier, tu gémis tout le jour
« De son noir abandon, de son manque d'amour ?
« Ami, cesse ta plainte et taris ton blasphème ;
« Quand tu veux détester, moi, je viens te dire : aime !
« Aimer, c'est espérer : Donne donc un long cours
« A ton affection, à tes vastes amours.
« Pour supporter ton faix, tu voudrais une amie ;
« Quatre épaules ne sont trop pour porter la vie,
« Ce fardeau si pesant, eh bien! dors, je suis là.
« Dans le moment critique appelle et me voilà.
« Je panserai ton cœur dévoré par le doute ;
« Pour toi j'aplanirai l'obstacle de la route,
« En te montrant le but qui te semble éloigné.
« Dors, enfant, dors en paix, notre pacte est signé !
« Demain se lèvera. Si, comme à l'habitude,
« Ton âme souffre encore, pleine d'inquiétude,
« Pense à moi ! je serai marchant à tes côtés.
« Demande aux malheureux, à ces déshérités,
« Comme toi, des trésors, des plaisirs de ce monde,
« Voyant de leur sillon la trace trop profonde ?

« J'apporte le courage, et l'ardeur, et la foi.
« Qui veut bien m'écouter sort vainqueur du tournoi.
« Pour l'âge faible ou fort, n'importe la détresse,
« J'ai toujours un sourire, une aimable caresse.
« Pauvres abandonnés, que frappent les malheurs,
« Petits ou grands, venez, j'essuie tous les pleurs !
« Je me penche au chevet du vieillard qui succombe ;
« Je lui montre le ciel au-delà de la tombe ;
« Par moi la mort l'enlève un peu moins attristé,
« Car il redoute moins la grande éternité.
« Sur le berceau coquet de l'adorable enfance.
« Je souffle en l'avenir et force et confiance ;
« Par moi seront plus sûrs ses si timides pas.
« De la vie sachant les écueils, les appas.
« A l'homme courageux je redouble la force ;
« J'enveloppe son corps d'une plus rude écorce
« Pour qu'il ne laisse pas aux buissons du chemin
« Un lambeau de sa chair, en montant le ravin.
« Je suis sous le ciel noir l'étoile rayonnante :
« Ma lumière affermit la marche vacillante
« Sur la mer en courroux du vaisseau menacé.
« Par moi reprend vigueur l'athlète terrassé.
« Enfin, j'apporte à tous le secours, l'assistance !
« A l'amoureux craintif j'apporte la constance.
« Quand le bâton, hélas ! va se rompre en sa main,
« Marche, marche toujours, dis-je au vieux pèlerin !

« Je suis de tous les temps immuable, éternelle :
« Dans son amour si grand Dieu me fit immortelle,
« Pour que puisse espérer l'homme éternellement ;
« Je n'ai jamais forfait à mon loyal serment.
« Adieu ! je n'ai loisir de rester en ce gîte,
« D'autres m'ont réclamé. Je vais voler bien vite,
« Porter dans leur esprit, tout comme dans le tien,
« Mon baume bienfaisant et mon souverain bien. »
J'étendis les deux bras pour retenir cette ombre,
Auprès de mon chevet et moins triste, et moins sombre,
Mais elle avait déjà disparu de mes yeux.
Son souvenir me reste aimable et gracieux.
Et, depuis ce moment, plus légère est la peine,
La route s'aplanit. L'âme moins incertaine,
Je marche plus léger et le cœur plus joyeux ;
Mon pas est plus hardi, mon bras plus courageux.
Plein de son feu divin, de sa belle croyance,
Quand je me sens faiblir, j'appelle l'Espérance.
Et sa vue me rend l'ardeur qui me manquait
Sois béni, Dieu d'amour, pour un si grand bienfait !

XVI

L'ORPHÉLINE AVEUGLE

Je marche, triste, errante ; écoutez ma prière !
Ma chanson vous le dit, mon pénible refrain :
Jeune encor, j'ai perdu, mon abri, ma chaumière,
Je chante pour avoir de vous un peu de pain.

De la beauté du ciel je n'ai point connaissance ;
Je n'ai pu contempler l'étoile et sa splendeur,
Le soleil, ici-bas de tous nos biens essence ;
Tous mes jours sont des nuits, terrible est mon malheur !

On dit qu'il est des fleurs à l'aimable parure,
Que le printemps ramène et qui charment les yeux.
Moi, je ne connais rien : soleil, fraîcheur, verdure
N'ont jamais caressé mes regards envieux.

Toujours un sombre aspect, toujours une nuit noire,
Un néant sans espoir en son obscurité :
Ma vie est ici-bas comme un long purgatoire,
Où je rêve et j'attends la belle éternité.

On vante la beauté, l'amour et la jeunesse.
Leurs charmes si discrets, leurs plaisirs enivrants ;
Hélas ! je ne saurai ta douceur, ô caresse !
De l'amour partagé les bienheureux instants !

Qui donc pourrait m'aimer, me donner sa tendresse ?
Mes regards sont éteints et point ne le verrais,
Le mortel généreux qui plaindrait ma détresse ;
Et ce serait si bon de contempler ses traits !

Si seulement j'avais un compagnon, un frère,
Oh ! je le chérirais de tendre affection !...
Oui, je serais moins seule en cette triste terre :
Ce serait à l'amour la compensation.

Et pourtant j'aime Dieu, je dis sa Providence.
Comme s'il m'eût donné les plus vastes bonheurs.
Je ne le maudis pas dans ma noire souffrance,
Malgré qu'il m'ait légué des larmes et des pleurs.

Riches qui m'écoutez ! Des plaisirs de ce monde
On m'a vanté souvent les séduisants appas.
Au milieu des attraits de l'ivresse profonde,
Ecoutez un enfant et ne m'oubliez pas !

Il fait froid ; le vent souffle et la neige qui tombe
Me glace, car je n'ai ni robe, ni manteau ;
Une jupe trouée à mes genoux retombe,
C'est à peu près mon seul, mon unique trousseau.

Mon père est dans les cieux ; Dieu rappela ma mère.
Ne pouvant rien pour moi, que feraient-ils ici ?
Le Seigneur épargna leur douleur trop amère.
Que leur cœur souffrirait en me voyant ainsi.

Celle qui me conduit est une femme affreuse,
Sans cœur et sans pitié, toujours me rudoyant.
Oh ! vous qui la croyez sensible et généreuse,
Scrutez son dur visage et son œil flamboyant !

Tout ce que vous donnez sera ravi par elle ;
Ce soir, à mon retour, un bien pauvre grabat,
D'un pain noir et bien dur une faible parcelle,
Et demain je reprends mon si rude combat !

Parfois je n'en puis plus et je demande grâce :
« Pitié, lui dis-je en pleurs, pour mes si faibles ans ! »
Mais elle aime l'argent, son avarice crasse
Exploite ma jeunesse et mon frêle printemps.

Un jour, je résistai, je narguai sa colère,
Ses coups qui retombaient sur mon dos tout meurtri :
« Je ne chanterai plus. » La méchante mégère
Fut sourde et n'entendit mon trop sincère cri.

Deux jours il me fallut de toute nourriture
Me passer ; je n'eus rien, non pas même un peu d'eau.
La plante plus heureuse au sein de la nature
En sa soif peut au moins se pencher au ruisseau :

« Tu chanteras, dit-elle, en son accent horrible,
« Ou bien tu périras de misère et de faim, »
Et moi, je dus céder à son ire terrible,
Faible, je murmurai mon languissant refrain.

Arrachez-moi bien vite à cette tyrannie,
Car je succomberai sous mon triste fardeau.
Ah ! je le sens, hélas ! j'y laisserai ma vie ;
Ainsi sous l'aquilon succombe l'arbrisseau.

Ne craignez sa colère et narguez sa menace :
Je ne suis son enfant, pourquoi me retenir ?
Par ma rébellion j'aiderai votre audace.
Vous voyez ma pâleur, mon printemps se ternir.

Pitié, je vous supplie à genoux et tremblante !
J'aurai tant de souplesse à votre volonté !
Ame bien charitable, au bienfait ne sois lente,
Car Dieu t'en tiendra compte en sa juste bonté !

Mais non, j'implore en vain la grâce tutélaire
D'un cœur doux et sensible, hélas ! je dois mourir.
« O Dieu, toi, qui m'entends, exauce ma prière,
Aux cieux rappelle moi, là l'on ne doit souffrir. »

Et puis elle marcha, bien pâle et défaillante,
Reprenant son refrain bien faible murmuré,
Puis sa voix s'éteignit de plus en plus mourante :
L'enfant chante là-haut de Dieu l'hymne sacré.

XVII

SCÈNE DE LA VIE MILITAIRE

I

Avant le Combat.

Alerte au camp ! L'ennemi dans la plaine
Couvre le sol de ses fiers escadrons;
Ce jour, la lutte et pour nous bonne aubaine,
Joyeux soldats, pour le Pays mourons !

Sonne clairon, annonce la bataille !
Chacun de nous de valeur est rempli ;
Nous ne craignons le dur choc et l'entaille,
Plus d'un laurier par nous sera cueilli.

Il est si beau de tomber, ô Patrie,
Sous ton drapeau superbe et glorieux !
Allons, enfants, pour la cause chérie,
De notre sang soyons peu soucieux!

Flotte, étendard ! Au chemin de la gloire
Nous te suivrons ou nous périrons tous,
Si l'ennemi doit gagner la victoire,
En nous voyant couchés, qu'il soit jaloux.

Qu'il puisse dire : oui, c'étaient là des braves,
En nous voyant étendus, menaçants,
En comtemplant nos attitudes graves,
Nos poings fermés, désormais impuissants.

Roule tambour, et toi, sonne trompette !
A ce signal est prêt le régiment ;
Il a fini sa rapide toilette :
Sac sur le dos, il vous suit, En avant !

Pas un ne manque à votre appel horrible,
Doux à la fois pour le cœur généreux.
Tremble, ennemi, le choc sera terrible
La lutte atroce et le combat affreux !

II

Le Combat.

Sous la mitraille,
Mort, je te raille
Et ta triste pâleur;
Funeste entaille,
Vaille que vaille,
J'accepte ta douleur!

La charge sonne,
Et la colonne
Va suivre son drapeau;
Une couronne
Au front rayonne
Du soldat au tombeau.

De mon courage
La noble rage
Redouble en ce moment,
Et mon visage
Point ne présage
Aucun chancellement.

Ennemi, tremble
Et tôt rassemble
Tes forces et tes traits.
Mon cœur ressemble,
S'il ne me semble,
Au tigre des forêts.

Je suis avide,
Je suis cupide
De ton sang désormais :
Comme Euménide
Ou fils d'Atride,
Je pardonne jamais.

Le sang ruisselle,
Mon bras harcèle
L'ennemi vacillant.
Soldat, martèle
Tôt l'infidèle
Qui va fuir défaillant

Marche sans trève,
Déjà s'achève
La déroute, en avant !
Tire ton glaive
Et tôt enlève
Les canons vomissant.

III

Le Soir de la Bataille

Depuis le grand matin on avait combattu.
Chacun avait lutté d'audace et de vertu,
Et sur le champ d'honneur on comptait plus d'un brave.
Au camp chacun rentrait silencieux et grave,
On se cherchait des yeux, on se comptait tout bas:
Un tel ? Il a payé son tribut au trépas,
Il a versé son sang pour la mère-patrie,
En la mêlée atroce, en l'horrible tûrie.
Grande était la douleur, grande l'effusion ;
Les grognards, les conscrits faisaient la fusion.
Jeunes, vieux, répandaient de bien sincères larmes
Au souvenir cuisant de leurs compagnons d'armes.
Le bon vieux colonel, l'ancien du régiment,
Gloire du bataillon comme aussi l'ornement,
De rage et de douleur mordillait ses moustaches;
Même il avait laissé tous ses grands airs bravaches.
Abattu, triste et morne, il pensait aux absents:
De ses braves soldats, de ses pauvres enfants,
Il récapitulait en son âme le nombre.
Combien étaient couchés sur le rivage sombre !

« Les ingrats, disait-il, ils m'ont abandonné,
« Moi, leur père. Pour eux, pour eux j'eusse donné... »
Puis deux larmes coulaient le long de son visage:
Lui, le lion si fier, faiblissait de courage.
Cependant les héros, sous la tente égarés,
Qu'un instant la douleur avait presque effarés,
Reprirent leur entrain. Grand chagrin tôt s'oublie,
Car rien n'est éternel en notre humaine vie.
« Je bois au colonel, dit l'un, le plus joyeux !
« Il me paraît ce soir plus triste et soucieux.
« De sa vieille gaîté ramassons les épaves :
« Je bois au colonel, à ce brave des braves !
« Amis, chantons en chœur l hymme pieux, guerrier,
« Qui ranime le cœur et le rend meurtrier ;
« Ce jour est jour de deuil, mais aussi de victoire :
« Oublions le chagrin pour fêter tant de gloire. »
Il entendit le toast, puis s'avança vers eux :
« Continuez, dit-il, enfants si valeureux.
« A vous tous je réponds *merci*, sans plus attendre,
« Croyez à mon amour, à mon amour bien tendre.
Ils entonnent alors le chant du régiment.
Le colonel, ému de noble sentiment,
En voyant ses soldats si beaux, si magnifiques,
Mêle sa voix sévère à leurs graves cantiques.

IV

Le Chant du Régiment.

Dieu des combats, Dieu des armées,
Qui conduisis nos bataillons,
De l'ennemi sont décimées
Les cohortes. Dans nos sillons
Le sang a coulé salutaire,
Chantons la paix et le repos,
Le sol va devenir prospère
Par nos efforts et nos travaux.

Le jour de lutte et de victoire,
Inspire-nous grande vertu,
Puisque toujours fille est la gloire
De ceux ayant bien combattu.
Qu'à notre nom l'ennemi tremble,
Qu'il redoute notre valeur,
Qu'il dise en nous voyant ensemble :
« Voilà le bataillon vainqueur. »

Soldats, heureux sous la bannière
Du beau pays si redouté,
Marchons gaîment la mine altière,
Le cœur ivre de liberté!
Trois fois malheur au peuple impie
Qui menace la nation !
Alors nous faisons œuvre pie,
Semant la désolation.

Pour nos enfants, pour nos compagnes,
Nous devons lutter jusqu'au bout ;
A qui s'abat sur nos campagnes,
Nous ne mesurons point le coup;
Alors commence le carnage,
Alors se répand le malheur :
Toujours grandit notre courage,
Au triste aspect de la douleur.

Combien sont-ils ? cent, deux cent mille ?
Qu'importe le nombre et l'état !
Le succès est toujours facile
A qui désire le combat.
Fussent-ils doubles par le nombre,
Doubles aussi par la valeur,
Qu'ils se verraient couchés dans l'ombre,
Sous la rage de notre ardeur !

Quand on lutte pour sa patrie,
Lorsque l'on venge son honneur.
Lorsque l'âme se sent flétrie
Sous le souffle du déshonneur,
Rien n'arrête plus la vengeance,
On marche et l'on crie : en avant !
Et soudain se tait la jactance
De l'ennemi trop insolent.

Le brave que l'amour anime
N'a peur de rien, marche avec foi ;
Seul, le soldat pusillanime
Marche forcé par une loi.
Pour nous, c'est l'amour qui rassemble
Nos bataillons victorieux.
Soldats, frappons, mourons ensemble,
Le rendez-vous est dans les cieux !

XVIII

L'ENFANT MALADE

Qu'a-t-il ? Nous ne savons. Sur sa petite couche
Nous l'avons étendu pensant qu'il serait mieux.
A tant de questions pas un mot de sa bouche,
Si ce n'est un soupir plaintif, laborieux.

Aucun gentil souris n'effleure plus sa lèvre
Pâle et blême. Son corps, qu'agite le frisson,
Est brûlant, et son pouls annonce que la fièvre
Fait un ardent ravage. Et sa blonde toison,

Ses beaux cheveux flottants n'ont plus même souplesse.
Ses deux grands yeux d'azur sont tristes, langoureux.
Partout dans la maison règne immense détresse,
Le chien lui-même aboie, inquiet, malheureux.

Cependant il s'agite et dit mots étranges,
Son visage s'anime, et le délire, hélas!...
On dirait qu'il converse avec les petits anges
Qui l'attendent peut-être et lui tendent les bras.

Non, non, reste avec nous, créature chérie,
Pourquoi donc nous quitter, chercher un autre amour?
Pourquoi voler sitôt dans la sainte patrie?
La terre près de nous est un charmant séjour.

Nous t'aplanirons tout; nous sémerons la route
De roses et de fleurs pour que n'écorchent pas
Tes petits pieds mignons les épines du doute,
Et nous te porterons quand tu seras bien las.

Vois ta petite mère! elle prendra tes larmes,
Les versera pour toi, souffrira tes douleurs;
Ton père, plus robuste, a préparé des armes,
Pour deux il combattra, subira des labeurs.

Le bon Dieu te réclame? Il a tant d'autres anges.
Pourquoi ravirait-il l'enfant à notre amour?
Il a pour l'adorer les célestes archanges
Et les grands chérubins à sa céleste cour.

Il est vrai qu'ils n'ont pas, malgré leurs larges ailes,
Ta pieuse candeur et ta douce bonté,
Mais le grand Dieu n'a-t-il les amours immortelles?
Quand nous n'avons qu'un jour il a l'éternité.

Nous t'aurons des joujoux, nous t'aurons des dentelles;
Le beau cheval en bois que tu désires tant,
Père va l'acheter, ô délices nouvelles,
Et le petit bébé sourira bien content.

Allez, méchant dada? tu veux que je fouette
Que tu ne marches pas! Allez, grand paresseux,
Ou sinon pas d'avoine. Et puis une brouette
Que traînera dada! Tu seras bien heureux.

Et puis, tu sais, grand'mère apportera ton livre,
Grand'mère, elle mourrait, si tu n'étais plus là!
Tes caresses, enfant, c'est ce qui la fait vivre,
Et toi, tu l'aimes bien! Partir! ne fais cela.

Et ta mignonne sœur! Ja Ja, comme on l'appelle.
Elle est là, triste aussi, désirant t'embrasser.
Qui donc dans le jardin s'ébattrait avec elle?
Ne t'en va pas, enfant, tu la ferais pleurer!

Mais la pâleur augmente, il change de visage
L'enfant quitte la terre et vole vers les cieux.
Le perdre ! Est-il possible ? Ah ! retrouvons courage,
A genoux près du Christ, prions tous anxieux !

Mon Dieu ! toi qui connais la douleur du bon père,
Qui vis ton fils mourir pour les ingrats mortels,
Ne sois sourd à nos voix, entends notre prière,
Des plus fraîches fleurs nous parerons tes autels !

Et toi, mère du Christ, toi qui connus les larmes,
Rappelle ta douleur, prie pour notre enfant,
Eloigne loin de nous les sanglots, les alarmes !
Qui tu secours, dit-on, sort toujours triomphant.

Chatou, le 24 juin 1875.

XIX

A LA VIERGE MARIE

Le Mois de Mai.

Voici le mois de Mai, le doux mois de Marie,
Enfants, redoublons tous de zèle et de ferveur !
Pour fêter ce beau mois, aux yeux, fraîche prairie,
Etale tous tes dons, ta plus coquette fleur !

Ruisseau, coule plus lent, apaise ton murmure,
Que ton babil gazouille encor plus gracieux !
Entonne ton cantique, ô sublime nature,
Que tout soit joie, amour, sous les immenses cieux !

Oiseaux, chantez plus gais ! Vos hymnes amoureuses
Doivent dire sa gloire et toutes ses vertus ;
Sur vos ailes portez vers les cîmes heureuses,
Nos hommages pieux, nos sincères tributs.

Portez-lui tous nos vœux, notre reconnaissance
Pour ses bienfaits sans nombre et ses si fréquents dons,
Dites que nous gardons en nous son assistance,
Alors que du Très-Haut elle obtient nos pardons !

Dites-lui qu'ici-bas nous aimons la Madone,
Que son culte est, sera bien vivant en nos cœurs,
Que nous la vénérons tout comme une patronne,
Aimable et consolante en nos tristes douleurs !

Dites-lui que sur terre on chante ses louanges,
Qu'on la bénit partout, que toujours ses autels
Sont parés de l'offrande, et que nos petits anges
La chantent comme aux cieux chantent les immortels !

XX

LA SIESTE

Lecteurs, il fait bien chaud pour chercher une rime.
Si vous le voulez bien, reposons-nous un peu;
L'esprit, comme le corps, évite toute escrime
Avec ce temps de feu.

Comme le moissonneur qu'accable la journée,
Demandons au repos la nouvelle vigueur,
Dans un endroit bien frais, au fond de la vallée,
Oublions le labeur.

Par ce soleil d'aplomb, on ne saurait que faire ;
Le courage faiblit, la force fait défaut.
A peine apporte-t-on ses soins à telle affaire,
Qu'on s'ennuie aussitôt.

Penser est fatigant, écrire est monotone,
La plume s'y refuse et vous tombe des doigts.
On est vite abattu quand la chaleur ordonne :
La nature a ses lois.

Nymphes qui présidez les eaux, belles Naïades,
Parfois je vous envie! Heureux est votre sort!
Dans votre humide empire, on respire, ô Driades,
On reprend son essort.

Dans votre vaste grotte en voûte de rocailles,
Des ruisseaux de cristal répandent la fraîcheur ;
Des fleurs au doux parfum tapissent les murailles,
Défiant la chaleur.

Donc nous ne ferons rien, mais rien, là rien qui vaille,
Nous livrant mollement au plus complet repos,
Méprisant l'action, dédaignant qui travaille,
La sueur sur le dos.

Même nous ne lirons. On bâille à la lecture,
Et puis cela fatigue et vous détruit les yeux.
Quel livre vaut celui de la belle nature
Et des splendides cieux!

Nous nous perdrons plutôt en extase sublime,
Contemplant, étonnés d'un grand ravissement,
Le nuage rapide et le mont dont la cîme
Menace fièrement.

A l'ombre du grand chêne au si touffu feuillage,
Au murmure de l'onde et du ruisseau discret,
Qu'on est bien étendu, bercé par ton ramage,
Joyeux rossignolet !

Sur le tapis coquet de la verte prairie,
Qu'émaillent mille fleurs aux parfums odorants,
Qu'il est bon d'égarer sa douce rêverie
Et ses pensers errants !

Le zéphyr embaumé vous apporte l'haleine
De la plante des champs et la senteur des foins ;
Alors plus de souci, bien loin l'amère peine,
Se taisent nos besoins!

Rien ne vous trouble alors, tout se tait sur la terre :
Le silence est partout sous le bleu firmament;
On n'entend que le bruit de la feuille éphémère,
Sous un doux soufflement.

Le sommeil gracieux vient clore la paupière,
On s'endort bienheureux sous la brise du vent
Qui caresse le front, fraîchissante et légère,
Vos cheveux soulevant.

Des songes parfumés envahissent votre âme,
Qui cède volontiers à leur charme enivrant ;
Et le cœur, agité d'une amoureuse flamme,
Se gonfle respirant.

Berger, je suis jaloux de ton grand si bien-être.
J'envie ton bonheur et ton heureux troupeau,
Sous l'épaisse forêt, lorsque tu le vois paître ;
Toi, couché sous l'ormeau !

Pays de l'Orient et de la poésie,
Que les rêves légers habitent si charmants,
Patrie du poète, ô séduisante Asie,
Je suis de tes amants !

Mais c'est assez chanter ton plaisir, ô paresse,
Il faut un terme à tout, même voir au bonheur !
Quand on abuse trop de l'oisive mollesse,
Plus rude est le labeur.

XXI

LE CENTENAIRE DE PÉTRARQUE

Comme autrefois Orphée emplit les monts de Thrace
De larmes, de sanglots, de longs gémissements,
Interrogeant en vain d'Eurydice la trace,
D'Eurydice ravie à ses embrassements,

Ainsi seul aujourd'hui, je promène, ô ma Laure,
Mes pleurs et mes soucis, ma cuisante douleur,
Car c'est toi que je cherche au lever de l'Aurore,
Et le soir l'écho seul répond à mon malheur,

Lorsque je m'éloignai de la belle contrée,
Du pays enchanté qui te donna le jour,
Le cœur plein d'un beau rêve et l'âme pénétrée
De la joie attendue à mon prochain retour,

Aurais-je pu prévoir que sitôt envolée,
Ton âme devait fuir dans l'éternel séjour ?
Pouvais-je pressentir qu'un triste mausolée
Renfermerait mon cœur, mon bien et mon amour ?

Pouvais-je pressentir que, froide sous la pierre,
Tu ne répondrais plus à mes tendres accents,
Que devaient se fermer soudain à la lumière,
Tes yeux au pur éclat, de vie étincelants ?

Pouvais-je pressentir que ton beau corps si souple.
Sous les doigts de la Mort se pencherait brisé,
Que l'on verrait, hélas ! notre jalousé couple
Par ton départ si prompt, malheureux, divisé ?

Le cœur gonflé, nourri d'une belle espérance,
Je marchais si joyeux, si plein d'enivrement !
Eh quoi ! j'arrive et là je heurte la souffrance
Où je devais goûter un bonheur si charmant !

Laure n'est plus, ma Laure, et mon culte et ma vie !
Laure, mon seul bonheur, mon unique soutien,
Vers les cieux azurés que ne t'ai-je suivie ?
Pourquoi mon corps n'est-il reposant près du tien ?

Te souvient-il là-haut du jour de mon absence !
« Reste, disait ta voix à ton Pétrarque aimé !
« Pourquoi donc t'éloigner? Ah! n'enfreins ma défense,
« Vaincu par mes sanglots, montre-toi désarmé.

« Les heures de plaisir s'écoulent si rapides,
« Pourquoi veux-tu partir, pourquoi n'en profiter !
« N'attendons que la joie, hélas ! ne laissent vides
« Nos cœurs jeunes encor. N'ose pas me quitter ! »

Et tu me prodiguais tes baisers, tes caresses,
Tes étreintes sans nombre et tes doux abandons.
Ingrat, je ne compris ces trésors, ces ivresses,
Je fuis loin de tes yeux, méprisant tous ces dons.

Et maintenant j'exhale aux sources, aux fontaines,
Les soupirs, les regrets qui déchirent mon cœur ;
Je dis aux fleurs, aux bois, aux vents, à leurs haleines
Mes tourments dévorants, ma peine et ma douleur.

Te souvient-il encor là-haut, de l'entrevue,
De la dernière, hélas ! Je croyais au revoir ;
La lune se levait et brillait sous la nue,
Triste et pâle et pourtant m'annonçant quelque espoir!

Nous allions sous les cieux, ô ma belle maîtresse,
Tantôt ralentissant, tantôt hâtant le pas,
Epanchant dans nos seins notre vive tendresse,
La vie apparaissait séduisante d'appas.

Je te pressais les mains et répandant des larmes :
« Ce voile, te disais-je, ah ! dois-je le revoir ?
« Laisse-moi contempler les plus terrestres charmes.
« Laisse-moi t'admirer sous l'étoile du soir!

« Vois, l'astre va s'enfuir, caché sous le nuage ;
« Laure, écoute ma voix, je t'en supplie en pleurs. »
Et, tombant à genoux, j'entrevis ton visage :
Mortel ne vit jamais attraits plus enchanteurs.

De les revoir un jour j'emportai la promesse,
Et puis je m'éloignai, t'envoyant un adieu.
Ah ! que fut grande alors ma trop courte allégresse !
Ce serment tout divin monta vers le bon Dieu.

Rochers silencieux dans la belle nature,
De nos soupirs enfin gardez le souvenir ;
Fontaine que tapisse une fraîche verdure,
Qui sur tes bords aimés nous vit entretenir !

Rossignol au doux chant, ô naïade plaintive,
Vous, les témoins discrets de nos tendres amours,
N'entendîtes-vous pas nos serments sur la rive,
Dont l'écho répétait au loin : toujours, toujours !

Arbres qui couvriez, sous vos épaisses ombres,
Nos échanges si doux, si grands, si chaleureux,
Fleur fanée aujourd'hui, grotte aux voûtes si sombres,
Anges qui regardiez ces deux amants heureux,

Rappelez-vous les soins si touchants de ma Laure!
Vous vous taisiez, guettant, épiant nos soupirs.
Astre brillant du ciel, étoile de l'aurore,
Ruisseaux qui gazouillez, et vous légers zéphyrs,

Vous avez éclairé notre suave ivresse,
Vous avez entendu les échos retentir
De nos rires joyeux et de notre liesse ;
Même vous sembliez, comme nous, tressaillir.

Vous sembliez nous dire : encore une caresse,
Nous avons tous aimé, livrez-vous à l'amour.
Dieu créa la beauté, le printemps, la jeunesse.
Pour adoucir l'exil dans cet ingrat séjour.

Adieu moments charmants, adieu bonheur immense;
De tout cela que reste? un sombre souvenir,
Dans mon cœur la tristesse et parfois la démence,
Pour le reste des ans un lugubre avenir!

XXII

LES PLEURS.

Pleurer, tel est ton lot, mortel, sur cette terre !
Tu nais, ton premier cri n'est-il pas de douleurs ?
La vie coulera, puis plus tard la misère,
Des pleurs, toujours des pleurs.

Et quel que soit ton sort, puissant ou misérable,
Que ton coffre soit plein ou vide de valeurs;
Rien te garantira, le fardeau qui t'accable
Engendrera des pleurs.

Ton épaule en sera certainement meurtrie.
Qu'importe le chemin semé de plus de fleurs ?
De maux notre existence ici-bas est pétrie,
Tous nous versons des pleurs.

Dieu le voulut ainsi dans sa grande sagesse :
Nous sommes condamnés aux plus rudes labeurs ;
Sa bonté nous donna plaisirs avec largesse,
Mais, hélas ! surtout des pleurs.

Celui qui tient le fait, la puissance suprême,
Doit payer son tribut, comme un autre, aux malheurs.
Heureux, ô prends bien garde ! En ton bonheur extrême
Il se cache des pleurs.

Mortels aimés de Dieu, vous que la joie inonde,
Soyez heureux tout bas, bien au fond de vos cœurs !
Car l'éclat de vos ris, fugitifs comme l'onde,
Attirerait les pleurs.

C'est un enfant chéri, c'est une femme aimée,
Que la mort guette au loin, la mort et ses pâleurs.
Regardez sous vos pas ? tôt la route est semée
De pleurs, surtout de pleurs !

Le plaisir sur son aile au loin vole éphémère :
C'est la fleur fraîche éclose, aux si vives couleurs ;
Un vent passe et flétrit sa beauté printanière,
Après restent les pleurs.

Enfant, n'invoque pas ton âge et ta jeunesse,
Que doivent épargner les terribles malheurs !
Crains les illusions, à leur ardente ivresse
Succèderont les pleurs.

C'est la rose cachant sous sa feuille l'épine
Qui meurtrira le doigt. Sous ses charmes trompeurs
Se cache un aiguillon. Avec eux ne lutine
Ou redoute les pleurs.

Vois la mère au berceau de son enfant penchée!
Pour un léger souris, pour de faibles lueurs
D'espoir, son existence ici-bas est jonchée
De sanglots et de pleurs.

Chaque seconde, hélas ! voit s'ouvrir une tombe.
Tu chérissais bien fort de pauvres âmes sœurs
De la tienne? Aussitôt sur toi le malheur tombe,
Au souvenir des pleurs !

Demande à ce vieillard qui poursuit un long âge?
Il a goûté la joie et les plaisirs menteurs.
Que lui reste aujourd'hui? Il n'a plus en partage
Que des regrets, des pleurs.

Tous ceux qu'il a chéris, toutes les pompes vaines,
Tous les biens d'ici-bas, les plaisirs, les honneurs,
Il a tout vu s'enfuir vers les rives lointaines,
Tout excepté les pleurs.

Ne pouvant jeter l'ancre en cette triste vie,
Sans que tout laisse un vide en nos si pauvres cœurs,
Levons les yeux au ciel où doit être tarie
La source de nos pleurs !

XXIII

A MADAME ACHILLE ISOUARD.

C'est la maison des Dieux, c'est la maison des rois,
C'est le temple des arts et du goût à la fois.
La dame de céans est la grâce en personne ;
Avec elle on n'entend jamais l'heure qui sonne :
On s'oublie aisément dans sa société,
Son charme n'est égal qu'à sa grande bonté.
J'appris vite à l'aimer dès ma plus tendre enfance.
Dans un siècle où tout tombe en prompte décadence,
Elle sait conserver, avec rare bonheur,
« Jeunesse de visage et jeunesse de cœur. »
Vous admirez aussi l'adorable baronne ;
Elle rehausse encor l'éclat de sa couronne
Par sa grâce charmante et son talent vanté ;
C'est de dame Nature un enfant bien gâté.

Une autre fleur aussi croît sur la même tige :
Qui vendra la cueillir? Le point est en litige.
Ce mortel, quel qu'il soit, sera béni des Dieux ;
Il aura sur la terre un avant-goût des cieux.
Et notre Amphytrion? Ah Dieu! quel homme aimable.
Personne ne fait mieux les honneurs de sa table.
Pour moi, c'est presque un père et pour vous un ami;
Il est bon et jamais ne connut d'ennemi.
Mais son talent sublime! Il faut vraiment l'entendre.
A nos désirs pressants, s'il daigne un jour se rendre,
Paris consacrera cette célébrité.
A nos hôtes, messieurs, buvons à leur santé!

Chatou, le 25 décembre 1873.

XXIV

A L'IMPÉRATRICE DU BRÉSIL

Ces quelques vers ont été faits et envoyés à la prière d'un père de famille alors malheureux.

Si je pouvais vous voir, je vous dirais, madame,
A vous qui possédez cœur bon, généreuse âme,
Qui savez soulager, consoler le malheur,
De mon cœur contristé la bien grande douleur;
Je vous dirais qu'hier ma petite famille,
Mes deux êtres aimés, et ma femme et ma fille,
Hélas ! n'ont point dîné : nous n'avions point de pain ;
Nous avions cependant bien prié le Dieu saint !
Je vous dirais mes maux, mon horrible souffrance,
Que parfois je surprends la fragile espérance
Prête à m'abandonner, que je vois tout en noir,
Que je lutte ardemment contre le désespoir ;

Je vous dirais : Madame, au nom du Dieu suprême
Qui vous donna bonté, grandeur et diadême,
Daignez jeter les yeux… Mais je ne puis vous voir,
Et les miens sans dîner se coucheront ce soir!

Paris, le 2 février 1872.

XXV

LA SAINT-CHARLEMAGNE

Debout, messieurs! vidons nos coupes de champagne,
En l'honneur des héros de la Saint-Charlemagne!
Oubliant en ce jour les Grecs et les Latins,
Tous les peuples anciens, même les Philistins,
Laissons parler nos cœurs : buvons tous à la France,
Dont vous êtes, enfants, la plus belle espérance!
Buvons aux députés, buvons à nos soldats,
Nos braves défenseurs, à nos bons magistrats!
Buvons! portons un toast au grand chef de l'armée
Qui défendit si bien la Patrie alarmée!
Mais pourquoi rappeler, en ce jour de bonheur,
Un deuil encore récent? Ne songeons au malheur
Que pour mieux travailler, réparer nos désastres.
Étoile du pays, belle parmi les astres,
Tu ne dois point pâlir! En vous voyant, amis,
Je me sens plein d'effroi pour tous nos ennemis.

Chers enfants, tous remplis d'un si noble courage,
Retenez dans vos cœurs ce magnifique adage :
Tout, tout, pour la Patrie, en tout temps, en tout lieu,
Quel que soit votre monde et votre cher milieu.
Souvenez-vous toujours qu'enfants de même mère,
Vous lui devez secours : ce sera votre lot
De relever son front, de tarir son sanglot.

XXVI

LA CHARITÉ.

Il est un ange au ciel plus beau que tous les autres,
Au regard plus aimable, à l'air plus langoureux ;
Il a son siége près des généreux apôtres
Dont la vie passait auprès des malheureux.

Le costume est plus bleu, l'aile plus azurée ;
Son maintien est plus noble et partant plus décent ;
Sa bonté semble moins à nous tous mesurée,
Et le son de sa voix frappe plus caressant.

Il descend du Seigneur en plus directe ligne ;
Il est comme un reflet, une émanation
De Dieu qui le chérit d'un amour plus insigne ;
Plus divine apparaît son incarnation.

La Foi le représente avec un doux visage,
Adorable de traits, souriant aux humains,
Leur adressant à tous harmonieux langage,
Vers tous également étendant ses deux mains.

Pas un mal sur la terre et pas une souffrance
Qu'il ne cherche à calmer, qu'il ne porte au Très-Haut.
Son nom veut dire : amour, dévoûment, espérance,
Et loin d'accuser l'homme, il couvre son défaut.

Quand passent devant lui chérubins et archanges,
Ils plient le genoux devant sa majesté ;
Car Dieu l'a fait plus pur que tous les autres anges :
On l'appelle là-haut l'*Ange de Charité*.

Chatou, le 15 juillet 1875.

XXVII

LES COURTISANS.

Race de courtisans, tu seras éternelle,
Et loin de te rider, il semble que le temps,
Te rende chaque jour plus jeune et plus nouvelle,
Tu plies, ne romps pas, quels que soient les autans.

Ce qu'il te faut à toi, c'est le faste et la gloire,
Les lambris tout dorés, les pompes et l'argent.
Arrive le malheur ! Tu n'as plus de mémoire,
Tôt tu tournes le dos au monarque indigent.

Tu ne vis que d'ordure et de plate caresse,
Toujours prêt à servir sous le maître vainqueur.
Survienne la défaite ! Ah ! l'on voit ta souplesse.
Être si besoigneux, imbécile et sans cœur.

Si seulement alors, juste reconnaissance,
Tu manquais à ce temps, être ingrat, sans pudeur;
Mais l'orgueil naît chez toi, l'impudente jactance;
L'on te voit distiller ton venin, ta noirceur.

Il ne te suffit pas de manquer de mémoire,
D'oublier les bienfaits à foison répandus,
A l'insulte tu mets ton amour et ta gloire,
Ane, tu peux frapper, tes coups sont attendus !

Vous que je puis nommer, allez, allez encore,
L'on vous connaît partout, êtres peu délicats;
Vous que l'ambition profondément dévore,
Qui courberiez demain sous nouveaux potentats !

Vous êtes courtisans, et c'est là votre honte,
Toujours prêts à flatter qui se hisse au pouvoir.
Salut à l'astre heureux qui dans sa course monte !
A votre intérêt s'aunera le devoir.

« Eh quoi ! c'est une étoile aujourd'hui très-brillante.
« Qu'importe son éclat, le temps de sa splendeur?
« Un beau jour nous verrons sa lueur vacillante,
« Et nous ralentirons notre foi, notre ardeur.

« N'en est-il pas ainsi tous les jours en ce monde ?
« L'inconstance est d'ici. Nous sommes tous humains.
« Soit, je serai taxé d'être impudent, immonde ;
« Mais j'aurai parcouru ma voie et mes chemins.

« Certes il en passera bien d'autres et bien d'autres,
« Et toujours notre encens leur sera dévolu :
« Du succès nous serons les sublimes apôtres.
« Nous n'aimons le malheur, jamais il nous a plu.

« Ainsi que cette fleur, la belle héliotrope,
« Nous tournons nos regards vers le soleil levant ;
« Alors nous userons plus d'un mot, plus d'un trope
« Pour chanter une aurore et crier : En avant !

« La royauté n'est plus. Vive la république !
« A l'acclamer mettons nos soins, notre talent.
« Ainsi toujours fera le malin politique :
« Au succès encenseur, au malheur insolent.

C'est un raisonnement, mais perfide, ô mes maîtres,
Même je dirai plus, ingrat et dégoûtant.
L'histoire placera parmi vos beaux ancêtres
Votre nom... N'osons pas un mot dur et mordant.

Il fut toujours permis d'insulter à l'idole
Qu'hier l'on encensait ; mais à quel prix, morbleu !
Mais vous, vous n'avez pas de vertu, d'auréole.
L'honneur n'est qu'un vain mot pour vous autres, corbleu !

Vous ne voyez donc pas que ce parti lui-même,
A qui vous vous donnez a de vous juste ampleur ;
Qu'il se souvient très-bien qu'hier au diadème
Vous avez refusé le regret et le pleur.

Croyez-vous par hasard qu'il compte une victoire,
Parce qu'il vous a recrutés, soldats, dans son rang ?
Il sait qui vous valez, ce que vaut votre gloire,
La générosité de votre fameux sang.

Il lit dans le passé, sur votre face blême :
Désertion, mensonge, hommes très-superflus !
Il lit dans votre cœur : Deshonneur et blasphème.
Et vous estime alors à vos justes vertus.

Il sait que le grand jour, le jour de la bataille,
L'on ne peut vous garder même à force d'écus,
Que vous ne portez point la glorieuse entaille
Qui brille sur le front des bataillons vaincus.

Honte donc à vons, à toute votre race ;
Aux courtisans bénins à l'air doux et pieux !
De Perse ou Juvénal, du satirique Horace,
Que n'ai-je le fouet pour vous flageller mieux ?

XXVIII

AU CAVEAU.

(Chanson)

Une chanson, mais pas de politique,
M'a dit quelqu'un, m'introduisant ici ;
Nous voulons rire, et la chose publique,
Pour nous, chanteurs, est le moindre souci.
Que nous fait un budget gros comme quatre.
A nous amis de la franche gaîté ?
Les députés sont là pour le combattre.
Bon vieux caveau, je bois à ta santé !

Depuis longtemps on discute à la Chambre
Le bien du peuple et ses grands intérêts ;
Mais qu'ont-ils fait ? Quel orateur, quel membre
A plus que toi fait pour notre progrès ?

Vieux Béranger, notre immortel poëte,
Dans ses chansons chantait la liberté.
Le bien du peuple ? Ah ! c'est bien ta conquête !
Bon vieux caveau, je bois à ta santé !

Qu'un autre corps qui se dit littéraire,
Que l'Institut vienne nous sermonner !
Moraliser, ce n'est point ton affaire,
Caveau, tu veux rire, chanter, aimer.
Non, tu n'as point, charmante Académie,
Le pédantisme et la fatuité ;
Tu viens semer des roses sur la vie,
Bon vieux caveau, je bois à ta santé !

Chanson, ta muse et légère et facile,
Sous des dehors joyeux et sans soucis,
Cache un grand cœur, poursuis un grand mobile :
Instruire et plaire ; à tes efforts le prix.
Ce but, le cherche aussi la Comédie,
Mais avec pompe et plus de gravité.
Je bois à vous, Euterpe et Polymnie,
Bon vieux caveau, je bois à ta santé !

S'il me fallait célébrer tous tes charmes,
Tous tes attraits, je n'en finirais pas ;

Tu nous fais rire et tu tires les larmes,
Vieille chanson, eh! que ne fais-tu pas?
Qui, Désaugiers l'a dit : de tous les âges,
Seront toujours la chanson, la gaîté;
Vieillards et jeunes admirent tes adages.
Bon vieux caveau, je bois à ta santé!

Passy, le 15 décembre 1868.

XXIX

A MON PETIT BUREAU NOUVELLEMENT ACHETÉ.

Petit bureau, qu'écrirai-je sur toi ?
Une satyre ou bien un dithyrambe ?
Je n'en sais rien, certes rien, sur ma foi.
Bah ! au hasard un dactyle, un ïambe.

Je veux d'abord dire la vérité,
Ne point mentir. Loin de moi tout mensonge
Dire le vrai, le dire avec bonté,
Puis m'égarer parfois dans un doux songe.

J'oserai tout : je chanterai les Dieux,
De Jupiter tant de mémorphoses ;
Puis descendant de la hauteur des cieux,
Je chanterai les fleurs à peine écloses.

Chut ! je commence et frappe les trois coups.
Vite à mon poste ! — Au tien aussi, ma Muse,
Dût le public nous traiter de grands fous,
Petit bureau, permets que de toi j'use !

Chatou, le 20 juin 1873.

XXX

SCÈNES DE LA VIE PASTORALE

I

Danse des Bergers

Le calme est partout, sur toute la terre ;
De ton chalumeau joue, heureux berger !
La feuille s'agite encore éphémère,
Mais bien doucement sous un vent léger.

Une brise aimable en son indolence
Caresse le front de soins soulagé ;
La nature étale à tous sa clémence,
Le ciel de courroux ne semble chargé.

Enfants gracieux, sous le vert bocage,
Venez tous en foule et que vos ébats
S'entendent joyeux, si beaux à votre âge,
Faites retentir l'air de vos éclats.

Toi, jeune fillette, ébauche une danse,
Le soleil t'invite et le frais gazon :
Un baiser sera pour ta récompense,
Qui te viendra doux du plus beau garçon !

Dansez, dansez vite, enfants, à la ronde,
Dansez à l'envie, enfants, sous l'ormeau !
Le plaisir s'enfuit : ainsi l'on voit l'onde
Glisser trop rapide au prochain ruisseau.

Ne craignez, enfants, de faire tapage !
Le Dieu bon entend et vos jeux et vos ris.
Loin de les défendre, il vous dit : courage,
L'instant qu'on néglige est trop tôt repris.

Foin du dur souci, foin du noir nuage,
Qui doit interrompre, hélas ! vos chansons !
Propice est l'instant, montrez gai visage !
L'âge apportera trop tôt ses glaçons.

Dansez,
Valsez,
Tous à la ronde,
Laissez,
Narguez,
Les bruits du monde !

Buissons,
Gazons,
Tendre feuillage,
Chansons,
Doux sons,
Sont de votre âge !

Plaisirs,
Zéphirs,
Sont éphémères,
Soupirs,
Loisirs,
Sont des chimères !

Amis,
Les ris,
Tôt passent vite,
Soucis,
Ennuis,
Rendent visite.

Enfants,
Charmants,
La jalousie,
Les ans,
Non lents,
Trop tôt soucie.

Beaux jours,
Amours,
De notre vie,
Toujours,
Trop courts,
Feront l'envie.

Encor,
Plus fort,
Faites tapage !
Essorts,
Transports,
Prenez courage !

II

L'Orage

On entend au loin le long bruit du tonnerre,
Qui sourdement mugit et menace la terre.
Il approche et redouble en sons plus éclatants,
Puis il se tait soudain : ses grognements sont lents.
L'éclair a resplendi de sa vive lumière.
C'est l'instant d'adresser au Dieu grand la prière ;

Enfants, vite à genoux et prions le Seigneur
Pour les infortunés, le pauvre voyageur,
Qui, cherchant son chemin, égaré sur la route,
Sous le nuage obscur, incertain, plein de doute,
Marche et n'ose avancer, ne trouvant plus le port !
Oh ! qu'il prenne en pitié du malheureux le sort !
Un coup a retenti affreux, plein de menace,
Le cœur sombre et muet n'a plus la même audace.
Puis la tempête gronde en longs mugissements.
Des cieux sont déchaînés les plus grands éléments ;
On dirait le chaos, tant règne le désordre !
Le vent souffle fougueux et plie sous son ordre
Le roseau si flexible et le jeune arbrisseau,
Dont la tige se plaît au bord du gai ruisseau.
L'arbre majestueux, la plante plus infime,
Tout va-t-il s'engloutir dedans le vaste abîme ?
Encore un coup terrible et plus fort est le vent.
Le ciel s'est obscurci. Voyageur, en avant !
Presse-toi, car l'éclair a sillonné la nue,
Entr'ouvrant à tes yeux la si vaste étendue
De l'horizon immense. Et la terre et les cieux
Sont éclairés soudain. Soyons silencieux !
Mais la tempête approche ; ami, marche plus vite !
Un bruit impétueux du ciel se précipite ;
L'aquilon déchaîné redouble ses efforts ;
Dans la tombe ont gémi les ossements des morts.

Marche, marche toujours ! Terrible est la bourrasque,
Elle vole rapide, elle vole fantasque,
Encor un autre éclair plus prompt, plus effrayant.
Oh ! c'est le dernier coup ! car tombe foudroyant
Le tonnerre éclatant en fracas redoutable.
Mon Dieu ! Grâce pour l'homme en ton ire implacable !
Le ciel illuminé rayonne glorieux,
Le mont a retenti superbe, audacieux.

III

La Pluie

Pluie abondante,
J'aime ton bruit ;
Eau bienfaisante
Tombe avec fruit.
De notre terre,
Trop sèche, hélas !
Rends tôt prospère
Le sol trop las.

Rends par tes larmes
Le sol fécond,
De nos alarmes
Sèche le fond !

À la nature
Ote pâleurs,
Sur ta verdure
Sème tes pleurs !

Apporte et donne
Belles moissons,
De frais couronne
Nos verts gazons.
Que la prairie
Aux mille fleurs
Par toi varie
Belles couleurs !

Que l'herbe pousse
Avec vigueur,
Et que la mousse
Ait la fraîcheur !
Vite ranime,
Avec tes dons
La pâle cîme
De nos buissons !

Que la rivière
Et ses ruisseaux
Par toi conquière
Nouvelles eaux !

O fleuve coule
Moins nonchalant,
Dans ton lit roule
Plus abondant !

Grossis la grappe
Du doux raisin,
Qu'il s'en échappe
Le meilleur vin !
Donne abondance
Aux vignerons
Et la croissance
Aux verts fleurons !

Que ta rosée
Donne fraîcheur
A la pensée
Perdant vigueur !
L'âme en détresse
Par toi renaît
Et la tristesse
Loin disparaît !

IV

Prière après l'Orage.

Seigneur, clément en ta colère,
Epargne encore au malheureux,
Epargne encore à notre terre,
Et toujours sois bon, généreux !
De tes enfants si tendre père,
Sois indulgent pour leurs défauts ;
Loin d'agraver notre misère,
Calme, adoucis leurs durs travaux.

Par toi soudain revit l'arbuste,
Contre l'Auster se déchaînant,
Et le chêne à la tête auguste,
Ne cassera sous le grand vent ;
Il dresse son front magnifique
Par l'ouragan n'étant brisé :
Par un zéphir plus pacifique
Son vert feuillage est caressé !

Par toi le vaisseau qui s'abîme,
Sous les flots béants, entr'ouverts.
N'est pas devenu la victime
Du désordre de l'univers ;
Il vogue au loin et sa carène,
Conduite par un beau zéphir,
Conserve intacte son antenne :
Il va dans le port aboutir!

Par toi le pèlerin en route
Echappe à la certaine mort,
Alors que danger il redoute,
Son âme a repris son essort ;
Tu compâtis à la prière
Qu'il t'adresse du fond du cœur ;
Et maintenant sous la chaumière,
Le sommeil berce son bonheur !

Par toi reverdit la prairie,
Par ta loi revient le printemps,
Par toi la douce rêverie
Vient embellir nos sombres ans ;
Par toi se peuplent nos demeures,
De songes légers et bénis ;
Par toi charment les tristes heures,
Les oiseaux en faisant leurs nids !

Par toi cet effrayant orage
A fui rapide en lointains sons,
Par toi le menaçant nuage
Devient fécond pour nos moissons!
Aux oiseaux tu donnes pâture,
A l'herbe sa fraiche vigueur,
A la feuille sa dentelure,
Au rameau flexible langueur.

XXXI

MA PETITE FEMME ET MES PETITS ENFANTS CHÉRIS.

A peine êtes-vous loin que déjà je m'ennuie.
Mes yeux sont inondés : les larmes que j'essuie
Coulent pour les absents, pour les êtres aimés !
De séparations nos jours étant semés,
Je cherche à consoler les maux de votre absence.
Comment ? A grande peine. A la toute puissance
De mon être si faible en vain je fais appel,
L'absence, entre les maux, est bien le plus cruel,
Tout étant le plus long. Je relis Lafontaine,
Le pigeon qui maudit tant l'humeur incertaine
De son cher compagnon, s'en allant loin de lui.
La nuit sera bien longue avant que jour ait lui !
Hélas ! me dis-je, il pleut ; ont-ils bonne pitance,
Le gîte et tout le reste à si grande distance ?
Ils avaient tout ici, largement, à foison ;
Pourquoi ce prompt désir de quitter la maison ?

Je songe que réseaux, que rencontre funeste.
Puis sentant dans mon cœur l'espérance céleste,
Je me mets à rêver, à songer au retour.
Oh ! qu'il paraîtra bon, ce tant attendu jour.
Pourquoi te plaindre, ami, de peine passagère?...
Là-bas ils sont heureux. Près d'un amour sincère
Ils vont couler deux mois, bien joyeux et bien doux.
De leur félicité ne te montre jaloux.
La famille a ses droits. Console ta pauvre âme
Au penser de leur joie; éloigne d'eux tout blâme.
S'ils t'ont quitté sitôt, d'autres en sont contents ;
Leur présence a porté bonheur aux indigents.
Lorsque Dieu te donna ces jolis petits êtres,
Ce ne fut pour toi seul. D'autres aussi sont maîtres.
Dieu voulut que les tiens, hélas ! manquant d'amour,
Eussent petite part dans leur triste séjour ;
A toi n'appartient pas en propre leur caresse ;
De doux trésor n'est pas l'égoïste richesse
De ton affection. Cède donc au devoir,
Abdique quelque instant un peu de ton pouvoir,
En faveur de parents dont le grand sacrifice
Mérite qu'à leur tour ils aient ce bénéfice...
Ce langage à moi-même est, dans ma solitude,
Comme un baume divin sur mon inquiétude.
Allez, heureux enfants, livrez-vous au plaisir !
Je renferme en mon cœur mon trop étroit désir ;

Jouissez jusqu'au bout de vos bonnes vacances.
Moi, pour me consoler, j'arrangerai des stances ;
J'alignerai des vers, dépeignant mes douleurs,
Je me consolerai par de rudes labeurs.
Mais au milieu de tout ce que le Seigneur donne,
En ceignant sur vos fronts des fêtes la couronne,
Au milieu des plaisirs dont sont jonchés vos pas,
Pensez à l'homme seul et qui pleure là-bas !
Jeanne, penche ta tête adorable et rieuse,
Blonde comme les blés, folle et capricieuse,
J'y dépose bien lents des baisers recueillis !
Et toi, mon gros Maurice, aux jeunes ans remplis
Et de grâce et de charme, apprête un peu ta joue :
Si j'appuie un peu plus, ne fais pas trop la moue.
Pour votre mère, enfants, si j'en parle en dernier,
Ne croyez pas au moins que j'allais l'oublier.
Elle a droit à ma tendre et constante pensée,
Bien longtemps dans mes bras je la tiens embrassée.
Je vous étreins aussi, père, mère et ma sœur,
Et grand'mère Fournier avec grande douceur.

Chatou, Juillet 1875.

XXXII

COSNE

Près du Berry, sur les bords de la Loire,
S'élève Cosne, en un site charmant.
Jadis ce lieu, maintenant peu notoire,
De la marine était un ornement.

On y faisait l'ancre pour le navire,
Et ses couteaux étaient partout cités ;
Vulcain, dit-on, le choisit comme empire,
Là, ses marteaux frappaient précipités.

L'air résonnait du sourd bruit de l'enclume
Quand le levier tombait rebondissant.
Pour ce décrire, il me faudrait la plume
Du grand Homère à dépeindre puissant.

Mais aujourd'hui s'est éteint ce tapage.
Vulcain a fui, remportant ses marteaux :
A Guérigny ses Cyclopes font rage,
Forgeant le fer, rougi par les fourneaux.

C'est un attrait de moins, je le confesse.
Que cette usine, image des enfers.
Le commerçant y voit une détresse,
Mais le poète y gagne quelques vers.

Je n'aime pas les forges, les cratères
Dans les cités, car l'air y devient lourd,
Ces villes-là sont villes meurtrières
Pour les beaux-arts. Tôt on y devient sourd.

Que voulez-vous ? Chacun son point de vue,
De là divers et faux raisonnements.
Si je tenais boutique au coin de rue,
Je n'aurais pas les mêmes jugements.

Pour le touriste aussi c'est une perte ;
Plus rien ne s'offre à ses étonnements.
Avouons-le ! Cette ville est déserte
De tous tableaux, de tous grands monuments.

Mais pour l'artiste amant de la nature,
Cherchant partout, les sites, les coteaux,
L'ombre et la paix, le ruisseau, la verdure,
Cosne est plus gaie et ses cieux sont plus beaux.

Transportons-nous un moment sur la rive
Qui recevait les ancres autrefois;
Quel beau spectacle y tient l'âme captive ?
Là, bons lecteurs, que j'ai rêvé de fois?

C'est le Berry qui nous frappe la vue
Et qui nous charme avec ses accidents,
Ses verts côteaux s'égarant dans la nue
Couverts d'un pampre et d'un fruit abondants.

J'aime la vigne et les gaîtés si franches,
Que son fruit donne au pauvre genre humain :
J'aime sa fleur, ses clématites blanches
Flattant les yeux, embaumant le chemin.

Salut, Sancerre, avec ta tour antique,
Dont les créneaux ont défié les ans,
Que tant d'assauts, un courage stoïque
N'ont pu détruire en des siéges fréquents !

Sur ta hauteur si carrément assise,
Tu restes fière. Ont passé tous nos rois ;
Mais toi bravant la tempête et la bise,
Tu ris de l'homme et de tous ses exploits.

Puis c'est le fleuve avec ses larges ondes,
Capricieux, plein de sinuosités ;
Le matelot qui sur ses eaux profondes
Chante joyeux des refrains répétés.

Quand chaque fleuve inspire d'habitude
Le barde né sur ses humides bords,
Ma pauvre Loire, à toi l'ingratitude !
Nul ne te chante en ses vibrants accords.

Je veux un jour réparer cette injure,
Te célébrer en d'harmonieux chants,
Dire ton nom à toute la nature,
Au monde entier sur des modes touchants.

Une île point, en gibier si féconde,
Fraîche oasis sortant du sein des flots.
Telle autrefois, dit-on, Vénus la blonde
S'épanouit au milieu des roseaux.

Pour pénétrer dans ce discret asile,
Ce nid coquet, béni des amoureux,
Un pont hardi le relie à la ville,
Foulé le soir par les passants nombreux.

Oh ! que de fois en un moment d'ivresse,
Dans ce séjour, à la belle saison,
J'ai promené mon oisive paresse,
De Chérubin fredonnant la chanson !

Aux prés, aux bois, je soupirais ma peine,
A la Naïade, aux rapides oiseaux,
Au doux babil de la claire fontaine,
Au vent léger, à la brise, aux échos.

Je clos ici. Mais je n'ai pu vous dire
Tous les attraits de ce charmant vallon.
Combien encore exercent leur empire ?
La promenade au joyeux Gué-Bothron.

Au Gué-Bothron, c'est là que la jeunesse
Prend ses ébats, pendant les soirs d'été ;
Aux gais flons flons s'étale la souplesse
Des jeunes gens, de la tendre beauté.

Cosne est vraiment un pays de cocagne :
On trouve tout peu cher, abondamment ;
C'est une ville et c'est une campagne
Où les plaisirs éclosent fréquemment.

Plus d'un bourgeois, au printemps, à l'automne,
Choisit ce lieu pour manger ses quartiers ;
Il trouve là les présents de Pomone
Et ceux de Flore, en lisant Demoustiers.

Tout est au mieux dans le meilleur des mondes,
La vie heureuse y déverse à pleins bords.
Le croiriez-vous ? Point de procès immondes,
On y connaît rarement les discords.

Gentil pays qu'habite ma famille,
C'est là qu'un jour, si cela plaît à Dieu,
Fuiront les jours que la Parque me file,
Dressant ma tente en ce tant aimé lieu !

Cosne et Chatou, lieux charmants, pleins d'envie,
Je vous chéris tendrement tous les deux :
L'un posséda mes débuts dans la vie,
L'autre contient mon âge soucieux.

Cosne abrita mes rêves d'espérance,
Mes jeunes pas et mes premiers élans ;
Chatou protège aujourd'hui l'existence,
Que l'homme porte en marchant à pas lents.

Plus haut Chatou reçut le faible hommage,
Qu'un jour poussa mon luth reconnaissant ;
Cosne, pour toi, j'écris cette autre page,
Accepte aussi ! Je te dois cet accent.

XXXIII

LE DEVOIR.

Il est là près de nous, nul ne peut s'y soustraire,
Nous devons nous soumettre à sa brutalité.
Rien, honneurs et plaisirs, ne saurait en distraire ;
Il se montre implacable, affreux de dureté.

C'est la condition, que dis-je ? C'est la dette
Que tous dans ce séjour nous devons acquitter,
Sous peine de forfaire à la loi de l'honnête :
Nous devons le subir, ne pouvant l'accepter.

Dieu nous donna la vie avec l'intelligence :
« Tous ces dons, nous dit-il, un jour seront comptés.
« Quel usage as-tu fait, dans ta courte existence,
« De ces biens, ces vertus, toutes ces qualités ?

« Marche, marche toujours, sans cesse, sans relâche,
« Quand le devoir commande, oses-tu résister?
« — Mais je suis las déjà, trop pénible est la tâche....
« — Qu'importe! marche encor, et ne crains de lutter!

« — Mais la vieillesse approche et ses désavantages,
« La goutte, les douleurs avec l'infirmité.
« — Marche, marche toujours, sur l'océan des âges,
« Tu seras jusqu'au bout inconstant, balloté !

« — J'invoque, dit cet autre, et ma peine et ma gloire,
« J'ai payé mon tribut au pays adoré,
« On célèbre partout ma fréquente victoire,
« Je suis grand, et partout je me vois honoré.

« — Je le sais dès longtemps, car crois-tu que j'ignore
« Tes services rendus et ton droit au repos?
« En avant, en avant, allons, et marche encore!
« Gloire et noblesse oblige, homme, sois tout dispos!

« — Considère un moment mon âge et ma faiblesse!
« Je voudrais, mais je n'ai la force et la vigueur.
« Attends quelques instants que ma frêle jeunesse
« S'habitue à souffrir, à la dure rigueur.

« Mon courage est ardent, mais mon corps est débile,
« Laisse-moi respirer, je succombe au fardeau ;
« Il est bien lourd pour moi, vois, je suis si fragile !
« Je courbe sous le vent comme un frêle roséau.

« — Marche, marche toujours, et ne crains la fatigue.
« De tes efforts, enfant, Dieu compte te tiendra.
« Marche, marche en avant, comme au pieux Rodrigue!
« Avant les ans nombreux courage te viendra. »

Ainsi quelque soit l'homme ou jeune ou vieux par l'âge,
Il doit marcher au but sans hésitation,
Sans mesurer sa force ou compter son courage :
Sur terre, le combat ; la gloire est dans Sion.

XXXIV

LE TRAVAIL ET LA PRIÈRE

Si parfois la douleur pénètre dans ton âme,
Si ton cœur est en proie aux chagrins dévorants,
Si l'amour ne doit plus te brûler de sa flamme,
Si tu vois tes amis s'éloigner inconstants,

Écoute mes conseils généreux, salutaires,
La sagesse dicta mes sincères avis :
Tout entier au travail, à ses plaisirs austères,
Invoque la prière en tes tristes soucis.

Ces deux leviers puissants de la sombre existence
Aident à soulever le fardeau lourd, pesant :
L'un soulage le cœur, l'autre l'intelligence :
Ce sont nos seuls soutiens dans ce monde impuissant.

Seuls, on les voit toujours empressés et fidèles,
Prêts à nous apporter la joie et le bonheur
Que nous leur demandons, mais peines éternelles!
Que nous cherchons en vain dans ce monde trompeur.

Nous les voyons sans cesse, au sein de la souffrance,
Faire briller aux yeux la divine lueur
De cet astre béni qu'on appelle espérance,
Étoile qui console au milieu du malheur!

Par eux tout est changé : sur la pénible route,
A travers les écueils meurtriers, déchirants,
Le voyageur avance et n'a rien qu'il redoute,
Car deux anges sont là, guidant ses pas errants.

Oui, quand tout ici-bas passe et trompe l'attente,
Quand tout est vanité, mirage séduisant;
Du plaisir, de la joie en notre soif ardente,
Recourons à ces biens : leur remède est puissant.

XXXV

ÉPILOGUE

Il s'est glissé dans ce petit volume
Quelques erreurs, même de mauvais vers;
Mais ne pouvant le remettre à l'enclume,
Je le publie avec tous ses travers.

On me dira : Il en est temps encore,
Rengaînez le tout au fond du grenier!
Je répondrai : Bah ! je l'ai fait éclore,
Les frais sont faits, C'est bien dur : au panier!

Lecteur, vois bien l'ensemble du visage
Et non un trait; car faibles sont mes doigts.
A l'avenir tu me verras plus sage,
Et puis Homère a sommeillé parfois.

Dans ce méfait est un double coupable :
Mon imprimeur et moi tout le premier.
Accuse nous, et, pour être équitable,
Frappe les deux en bon justicier !

Il n'est parfait, quoiqu'il ait fait ses preuves,
Et moi peut-être ai-je bien oublié
De corriger avec soin mes épreuves.
Lecteur, adieu ! Assez, j'ai supplié.

FIN

TABLE DES MATIÈRES

PAGES.

COSNE. — IMPRIMERIE E. COLIGNON.

www.ingramcontent.com/pod-product-compliance
Ingram Content Group UK Ltd.
Pitfield, Milton Keynes, MK11 3LW, UK
UKHW031857260826
14628UKWH00002B/827

9 782019 246143